MAXIME RUDE

TOUT-PARIS

AU CAFÉ

PARIS

MAURICE DREYFOUS, ÉDITEUR

10, RUE DE LA BOURSE, 10

AU MAITRE DE LA CHRONIQUE

A

EDMOND TEXIER

Souvenir et témoignage respectueux.

M. R.

À Léon Pillet

Souvenir cordial

Maxime Rude

Mai 1897.

TOUT-PARIS

AU CAFÉ

LIBRAIRIE MAURICE DREYFOUS

10, rue de la Bourse, Paris

DERNIÈRES PUBLICATIONS

AURÉLIEN SCHOLL
LE PROCÈS DE JÉSUS-CHRIST
1 vol. in-18 jésus.............. 3 fr.

CH. LEGRAND
SANS AMOUR !
1 vol. grand in-18 jésus. Prix.............\...... 3 fr.

HENRI VALLÉE
LE DUEL
SES LOIS, SES RÈGLES, SON HISTOIRE
1 vol. grand in-18 raisin...... 3 fr.

D. MACKENZIE WALLACE
LA RUSSIE
2 très-forts vol. in-8.
Prix de chaque vol........ 7 fr. 50

LA SOCIÉTÉ RUSSE
PAR UN RUSSE
Ouvrage traduit par E. FIGURLY et D. CORBIER
Préface par ANTONIN PROUST
2 forts vol. in-8. Prix... 6 fr. le volume

2814-77. — CORBEIL. TYP. ET STÉR. DE CRÉTÉ.

SIMPLE AVIS

Depuis six mois, des amis, des confrères, des Parisiens, des provinciaux même me demandaient souvent :

— Quand allez-vous réunir en volume et compléter ces Études sur Paris au café, dont vous nous avez donné une partie dans le journal?

C'est fait.

Voici un côté du Tableau de Paris pendant vingt ans. Je l'ai pris sur le vif; je l'ai reproduit tel que je l'ai vu, fourmillant, houleux, capricieux, plein de migrations de tout un monde, d'un café à l'autre, qui restaient inexpliquées à plus d'un habitué du boulevard, saisissant d'oppositions, heurté des contrastes qu'on surprend surtout dans la Ville multiple qui a cent villes, comme Thèbes avait cent portes.

Figures et silhouettes y passent et y défilent : les unes célèbres, les autres au moins très-connues ; toutes curieuses à regarder.

1

Au lecteur qui me demanderait pourquoi je ne me suis pas arrêté plus longtemps avec celles-ci ou avec celles-là ; pourquoi je n'ai pas montré, dans toute la bizarrerie de leur existence, les Pelloquet, les Delvau, les Desnoyers, pour ne citer que ces types de cafés et de brasseries ; pourquoi je n'ai pas un peu déshabillé, en traversant *Madrid*, les Gambetta, les Spuller et autres politiques d'actualité, je répondrai simplement :

— Lecteur, vous avez un grand tort : vous ne connaissez pas les *Confidences d'un journaliste*, que j'ai eu la courageuse fantaisie de publier il y a un an et demi déjà. Et pour moi, lorsque j'ai commencé à écrire le *Tout-Paris au café*, nul n'était censé les ignorer.

Je ne pouvais revenir, en effet, pour l'amusement et l'instruction de personne, aux portraits en pied et aux biographies. Cela existe ; cherchez-le ! Ici c'est la mêlée où un trait suffit, où un bout de nez dit beaucoup de choses. N'est-ce pas, ombre violette du nez de Guichardet ?

Voilà qui est entendu.

Qu'on se le répète. .

M. R.

Paris, avril 1877.

TOUT-PARIS AU CAFÉ

I

CAFE DES VARIETES.

Il me semble que, l'autre semaine, au plus loin, je voyais encore Henri Mürger entrer au café des Variétés. Quand le souvenir reste un peu vif, la distance des années est moins longue que celle d'une semaine.

Voilà bientôt vingt ans, en effet; le café des Variétés, un ancêtre parmi ceux du boulevard Montmartre, avait déjà vu blanchir toute une génération, qui avait mis du temps rien qu'à grisonner. Il avait sa légende gaie et folle comme un vaudeville, ou même comme une parade, bariolée d'aventures d'un autre temps, bigarrée de personnages presque fantastiques, dont les noms paraissaient quelquefois sur des affiches de théâtres, comme ceux de revenants. Des anecdotes couraient, qui étaient, dès cette époque, les anas de chroniqueurs en retard et de compilateurs joyeux. Je n'ai rien à en répéter pour ne pas compiler à mon tour. Je reviens à Mürger.

. La *Vie de Bohême*, au théâtre, l'avait en apparence tiré de la bohême depuis plusieurs années. Il avait traversé la *Revue des Deux Mondes*; avec quels remaniements de manuscrit? Peu importe; mais on s'en souvient. Il écrivait, ou il était près d'écrire au *Moniteur*; il allait être, ou il était décoré. Il s'habillait de noir, comme un avoué, l'ancien locataire de l'hôtel Jules-César, et la calvitie prêtait à sa tête un air officiel, malgré la larme élégiaque qui lui pendait toujours au coin de l'œil.

C'est ce Mürger, arrivé où il n'avait pas toujours espéré parvenir, qui écrivait à sa dernière Musette, sur une table du café des Variétés : « Je retournerai à Marlotte dès que j'aurai trouvé un louis. »

Marlotte, c'est là qu'il habitait, à deux pas de la forêt de Fontainebleau.

Il disait autrefois qu'il y avait des années où l'on ne travaille pas; il y avait, en ce temps, des semaines où il ne partait jamais. Était-ce seulement le louis à trouver qui l'arrêtait? Il comptait tant d'amis! Et quand on le croyait à Marlotte depuis la veille, il reparaissait aux Variétés.

Brun, plus que brun, comme s'il eût reçu les coups de feu du soleil d'Afrique, des charbons pour prunelles, les moustaches noires épaisses, les narines au vent, sec, nerveux, redingote et pantalon de coupe militaire, vous prendrez celui qui s'assied à côté de Murger pour un officier de zouaves? Détrompez-vous : c'est Théodore Barrière qui, lui, ne rêve pas trop longtemps sur le velours. Il achève un cigare, il en allume un autre; et le voilà parti.

Autour de qui s'empresse-t-on à la terrasse (nous sommes en 1859-60)? On dirait encore une moustache militaire. Autour d'un heureux, qui vient d'inaugurer sa réputation avec les naïvetés du 101ᵉ *Régiment*, et celles de la *Bêtise humaine*, le roman de *Candide* refait et accommodé aux mœurs et au goût du demi-monde parisien. J'ai nommé Jules Noriac, le boulevardier qui, à ma connaissance, a fait le succès du premier veston, et qui porte le dernier, à l'heure qu'il est.

Les poignées de mains distribuées, Noriac, le cigare aux lèvres (qui a vu Noriac sans cigare?),

traversait le rez-de-chaussée du café, de cette lanterne bourdonnante comme une ruche, et montait l'escalier tournant, où Paul Avenel avait déjà
grimpé pour choisir sa queue de billard.   .

C'était entre cinq et sept heures du soir; les
autres habitués arrivaient. La plupart se tenaient
en bas.

Ah ! le joyeux garçon, toujours riant, toujours
causant. toujours remuant, très-brun aussi, avec
une moustache de lieutenant qui va passer capitaine. C'est Lambert Thiboust qui parle à Jules
Moineaux, dont les moustaches cirées et aiguisées,
le petit œil aigu, les lèvres minces, l'air froid, ne
révèlent guère l'auteur des *Deux Aveugles*.

Et ce grand diable, à figure en lame de couteau,
à mine patibulaire, en cravate blanche et en habit
noir, avec un brin de feuillage à la boutonnière,
ce fantôme qui a un tailleur et qui ne sait où four-
rer ses longues jambes, que conte-t-il de si gai,
sur un ton funèbre, au petit cercle d'auditeurs
qui s'esclaffent de rire autour de lui?

Ne vous étonnez pas trop : c'est Bache, l'acteur
Bache, qui a fait subir au directeur de théâtre
Ancelot tous les supplices de la mystification. Si
nous l'écoutions, nous n'en aurions jamais fini.

Il ne manquait plus que Roger de Beauvoir : le

voici qui entre, avec son éclatante gaieté bro-
chant sur le tout. — Il revient de voir peut-être
une paire d'avoués, une demi-douzaine d'huissiers,
un juge, un procureur, toute la basoche dont il
est la proie ; mais ne craignez rien : il ne vous as-
sombrira pas de ses soucis. Interrogez-le, même,
sur son dernier procès : il vous répondra par des
couplets. Demandez-lui, par exemple, une mono-
graphie du café des Variétés, et vous dinerez, et
vous souperez, et le lendemain, à la fin du déjeuner, après un fourmillement de portraits et d'anecdotes, il n'aura pas encore vidé sa mémoire et
son esprit.

C'est aux Variétés que Roger improvisa, avec
Thiboust, les amusants couplets sur Milon Thi-
baudeau, le directeur du Vaudeville :

Il avait des bottes vernies
Avec un pantalon collant.

Roger de Beauvoir, Lambert Thiboust, Murger,
Bache... J'ai l'air de faire un tour de cimetière
en compagnie de quelques survivants, et j'en
passe, des morts ! Renard, qui, déjà malade, allait
quitter l'Opéra et se traîner au café-concert avec
de lamentables chansons. Et ce jeune homme,
qui, en descendant du cabinet directorial de son

père et de son oncle, était là comme chez lui et
passait, le rire aux dents, les mains tendues à
tous, léger, vif, pétulant : Léon Cogniard.

D'autres ont été plus heureux, dont je n'ai pas
parlé, que l'on ne voit plus aux Variétés, mais que
je retrouverai sans doute au courant de ces souvenirs : les rédacteurs du *Diogène*, qui eut son heure
de succès vers 1858, et Carjat qui menait la bande.
Un provincial égaré là, pendant ses vacances, devait en rêver au moins six mois. Je me rappelle un
brave bonhomme qui, entendant sonner le dîner
à l'hôtel d'en face, demanda quelle était cette
cloche.

— Monsieur, lui répondit son plus proche voisin, c'est le bateau à vapeur qui part.

Les yeux du pauvre provincial roulèrent d'une
façon inquiétante dans leurs orbites ; il prit son
chapeau et s'enfuit du côté du passage Jouffroy.
Il devenait fou, ou il croyait avoir été mêlé, un
instant, à des pensionnaires de Charenton en
congé.

N'allais-je pas oublier les frères Lionnet, ces
Siamois de la romance, que, dans la suite, vous
pourrez placer, sans que je les nomme, partout
où il vous plaira ?

C'est plus tard qu'on voyait, après dîner, debout

plutôt qu'assis, tout au fond, à la table de gauche, auprès du comptoir, tête blafarde aux cheveux crépus, visage grêlé aux pommettes saillantes, moustaches poussant ras, œil étrange, brillant sous l'arcade sourcilière, un vaudevilliste à ses débuts, un journaliste d'échos du *Charivari*, qu'on eût bien étonné, alors, en lui annonçant qu'il avait le souffle assez vigoureux pour jeter bas le château de cartes biseautées de l'édifice impérial. Rochefort — est-il besoin de le nommer? — continuait une conversation peu politique avec le glabre Albert Wolff, ce Prussien officiellement réhabilité, comme citoyen neutre, dans les cercles de Paris.

Les patrons de cafés sont des rois absolus, mais qui ont une qualité. Quand ils ont fait fortune, ils ne tiennent pas à fonder une dynastie. Le sec Albouy, qui gouvernait les Variétés, passa le comptoir à un ventru, du nom de Lallemant, excellent compère, du reste, qui, au bout de peu temps, trouva son affaire. Un banquier de province lui achetait le café des Variétés.

Roger de Beauvoir, qui sortait du théâtre, Noriac, qui descendait, vers minuit, du premier étage, Denizet, si j'ai bonne mémoire, qui, malgré la gravité de la barbe, plaisantait, alors, l'Acadé-

mie des sciences au *Charivari*, deux ou trois autres, et moi, avons assisté par hasard à la con-
clusion du marché, scellé par autant de verres de
chartreuse. Le nouveau propriétaire, Hamelin,
ouvrait, entre deux toasts, des perspectives d'Eldorado inconnu à ses habitués littéraires.

Il ne s'agissait de rien moins que de transformer le second étage en salle de correspondance
et de rédaction, avec pupitres bourrés de plumes
et de papiers variés.

Ce ne fut qu'un rêve, que promesse d'homme
qui avait bien dîné et buvait d'autant. On ne lui
en voulut pas. Le café des Variétés devint plus
littéraire que jamais. Cette confrérie de rimeurs
sans idées, qui s'appelle le Parnasse, y eut son
berceau. On y voyait, avant dîner, le jeune Catulle Mendès, en nourrice entre Banville, revenu à
ces Variétés qu'il avait tant fréquentées autrefois,
et Baudelaire, qu'on n'y avait guère rencontré
jusqu'alors. Baudelaire? C'est là qu'il me contait
ses visites de la journée, comme candidat à l'A-
cadémie : amusante équipée qu'il n'a pas eu le
temps d'écrire et qui serait bonne à lire pour les
gobe-mouches de la solennité.

Le bénédictin Charles Asselineau lui-même
avait sa place dans ce milieu bruyant, et causait

avec Hippolyte Babou du dix-huitième siècle,
pendant que Monselet, qui écrivait son Fréron,
souriait sous ses claires lunettes. Tout autour,
papillonnaient, avec Catulle, des jeunes de la *Revue fantaisiste* : Villiers de l'Isle-Adam, Cladel,
d'autres que je ne suis pas seul sans doute à avoir
oubliés.

En même temps, arrivaient, de la brasserie des
Martyrs, Charles Bataille, Amédée Rolland, Du
Boys, l'ancienne trinité du café Racine, au quartier
Latin, et de l'Odéon. Carjat fondait le *Boulevard*.
La *Revue fantaisiste* était morte, vive le *Boule-
vard!* Durandeau apportait ses charges et une com-
position assez amusante : un rêve de Baudelaire.

Puis, un jour, tout ce monde se dispersa. Hamelin, qui avait promis tant d'égards à ses clients,
ne tenait point parole. Ce malheureux, que l'on
soigne depuis deux ou trois ans, dans une maison
de santé de Vanves, manquait souvent de la plus
simple politesse quand il remontait de sa cave.

Canuche même, le type anti-apollonien si connu
au boulevard Montmartre, se décida à quitter la
place. Le café des Variétés n'eût plus été qu'une
station de passants fatigués ou assoifés, si la soupe
aux choux ne lui avait fait une clientèle d'habitués
de minuit.

Les bandes bariolées et bisexuelles du Rat-Mort, et autres établissements des boulevards extérieurs, y descendaient à cette heure-là. La pipe et la cravate blanche de Pelloquet y surnageaient dans une orgie de châles rouges, et la chevelure léonine de Coligny y accompagnait le crâne luisant de Fernand Desnoyers. C'était la première halte des noctambules.

Mais la soupe aux choux ne suffit pas à la prospérité d'un café. Il y a un an, à cette même époque, la pauvre madame Hamelin nous contait, à un ami et à moi, son malheur, presque sa ruine. Deux mois après, elle n'y était plus : le propriétaire du café de la Porte-Montmartre avait acheté les Variétés.

Ce n'était pas seulement un café à relever, mais un café à refaire. On y déjeunait peu autrefois ; on n'y dînait presque jamais. Le nouveau propriétaire, Poyé, a commencé par changer toutes les habitudes. On y déjeune beaucoup, on y dîne en corps, six heures sonnant, artistes des Variétés et des autres théâtres mêlés.

A peine le régisseur Chavannes, un habitué fervent, a-t-il achevé son vermouth et déposé sa pipe avant de partir, qu'on met le couvert sur toute la ligne du côté gauche, qui ressemble à une longue table d'hôte.

Lassouche y tient son coin ; on croirait toujours que la grosse voix de Baron va scander l'air des Carabiniers des *Brigands;* Christian y essaye quelquefois les pétards qu'il fera partir dans la soirée au milieu de son rôle.

Voici Dupuis, le soldat bel homme qui fait tourner la tête aux grandes-duchesses, — tout un état-major, enfin, des artistes qui n'ont pas toujours le temps de dîner chez eux, panaché de jeunes femmes, leurs camarades de théâtre, qui sont plus sûres, en étant plus près, de ne pas manquer l'heure de l'entrée en scène. Ajoutez à cela quelques journalistes légers, parmi eux, Alfred Delilia et le Giboyer du *Nain-Jaune.*

Le café des Variétés, comme on voit, a repris un caractère qui a bien son pittoresque, s'il n'est pas tout à fait celui d'autrefois. Si tous les curieux, toutes les curieuses surtout de Paris et de la province, qui grillent naïvement d'envie de surprendre des artistes à la ville, de voir comment ils boivent et comment ils mangent, quand ils n'ont plus de bouteilles peintes et de pâtés en carton, me lisaient par hasard, le café des Variétés ne serait plus assez grand, et le propriétaire pourrait enlever l'écriteau du second étage : *Cercle à louer.*

II

CAFE DE MADRID.

Si Hamelin, l'ancien propriétaire des Variétés, avait eu quelque politesse, Madrid n'eût pas eu d'histoire. Car ce café a, en effet, son histoire dans la grande, si mouvementée et si tourmentée, de ces derniers quinze ans politiques ; ce qui ne veut point dire qu'il faille le voir exactement à travers la légende, composée à plaisir par les échotiers à tant l'injure de la réaction, et les puritains de l'ordre immoral. Le plus drôle, au milieu des hyprocrisies qui font leur jeu, en ce cas comme en d'autres, c'est que les pudibonds et les indignés d'aujourd'hui se sont tous assis aux tables de Bouvet, et ne s'y accoudaient pas pour se boucher les oreilles.

Vers 1862, le café Bouvet, ou café de Madrid, n'était guère célèbre, au boulevard Montmartre, que pour avoir été le voisin du Lingot-d'or. La salle que la clientèle émigrée des Variétés allait remplir, était un long boyau qui se tordait, à sa moitié, au tournant d'un escalier par lequel on descendait au sous-sol, aux billards. J'ai entendu conter que des juifs, brocanteurs ou agioteurs, se réunissaient dans ce sous-sol chaque après-midi ; mais, pour pénétrer dans ce monde sans l'effaroucher, il fallait peut-être quelque mot hébreu que je ne possédais pas.

Au reste, le plus grand nombre des habitués de Madrid appartenait à la classe laborieuse et riche des entrepreneurs, auxquels se mêlaient des négociants. Parmi les gens qui touchaient, d'un côté, à la littérature, le chansonnier Gustave Mathieu, qui, de l'autre, versait dans le commerce des vins de Champagne, eût été le seul à le fréquenter à cette époque, si son élève Fernand Desnoyers n'y était allé lui faire visite.

Quelques mois après, tout était changé. On sait comment le monde littéraire et artistique de la terrasse des Variétés avait traversé la chaussée ; ce fut l'affaire de quarante-huit heures. Le café est pour les hommes de lettres, les artistes, les journalistes, plus que pour personne, le lieu de rendez-vous, à heure fixe, où l'on s'échange par besoin, autant que par plaisir. L'endroit importe peu ; le milieu est tout ; aussi, quand la débâcle a commencé quelque part, elle emporte jusqu'au plus ancien habitué. Il suit ses amis ou ses pairs : c'est une loi de solidarité doublée d'une question de nécessité.

Le *Boulevard*, — excellent titre, en ce temps, — que Carjat avait témérairement lancé avec un lest considérable de littérature sans scandales et de poésie sans badinages grivois, attirait en outre les débutants de la veille ou du lendemain, jaloux de coudoyer Baudelaire et Banville et de s'asseoir entre Catulle Mendès et Villiers de l'Isle-d'Adam. Malgré leurs airs empanachés, les débutants se contentent de peu.

La première société, qui a fondé le Madrid de la légende, était donc purement littéraire, et un mot politique y eût éclaté comme une grenade à laquelle on n'avait aucune raison de s'attendre. Les républicains militants n'étaient représentés dans cette salle qu'à l'écart, tout au fond, par un chapeau à larges bords retroussés, pendu à la patère, sous lequel une barbe grise pontifiait assez discrètement, malgré la grosse voix qui parfois en sortait. C'était le père G***, comme on l'appelait sans façon, homme de fougue innocente, que j'ai retrouvé ailleurs, en ces

2.

dernières années, très-cassé par les événements.

C'est bien après que Delescluze, dont je vois encore la tête anguleuse et résolue, est venu présider le groupe des vieux birbes, avec son lieutenant Charles Quentin.

En 1863, je n'y avais rencontré Gambetta que par hasard, à une table de la terrasse, et avec un compagnon passionné pour les discussions de tous genres, s'accrochant à tout adversaire pour calmer sa propre fièvre, assez sceptique pour tout écouter sans indignation sincère, mais assez intéressé à la durée de l'Empire et de sa cassette pour ne vouloir rien jeter bas : Théophile Silvestre.

Deux ans plus tard seulement, ce salon de gauche du café de Madrid prend une vraie couleur politique. Et encore faut-il savoir comment, et par quelle suite de relations.

Alphonse Duchesne était le secrétaire du *Figaro*, le *Figaro* de Rochefort à cette époque, et Castagnary, le rédacteur en chef, de fait, du *Nain Jaune* de Ganesco. Tous les deux avaient l'habitude, peu subversive et très-bourgeoise, on en conviendra, de faire leur partie de jacquet, au premier moment de loisir. Ranc et Spuller, qui tenaient le *Nain Jaune*, avec Castagnary, suivaient celui-ci entre cinq et six heures, des bureaux du boulevard des Italiens au café du boulevard Montmartre. Gambetta, qui était, non-seulement leur ami, mais leur collaborateur à l'*Europe de Francfort*, se joignait à eux.

Voilà le noyau du Madrid politique. D'un Madrid absolument républicain? Non. Et la preuve, c'est que M. Weiss, qui devait figurer, en 1870, dans le ministère Ollivier, — M. Hervé, qui dirigeait naguère encore les destinées de l'orléanisme dans le *Journal de Paris*, ne trouvaient ni leur modération, ni leur opinion compromises en prenant place à ces tables, où, par-dessus les deux Empires et la monarchie orléaniste, on évoquait le souvenir des hommes et des actes de la Révolution française.

La ruine du *Boulevard*, le souffle de la politique avaient dispersé la littérature égoïste. Hommes de lettres et poètes ne manquaient pas, néanmoins. C'est à Madrid que j'ai vu, pour la première fois, Frédéric Mistral, le félibre bonapartiste, qui n'appelait pas alors Paris « la cité rebelle », accompagné d'Alphonse Daudet, un des meilleurs guides en ce lieu, qu'il a peut-être maudit depuis. Trop de bonheur rend ingrat.

Quelqu'un a écrit, dans une énumération rapide

des cafés du boulevard, qu'on eût trouvé à Madrid
les cinq sixièmes de la Commune. On ne s'en
serait guère douté. — Je crois voir encore Pas-
chal Grousset, tête sans caractère, d'un joli banal,
la raie coupant la chevelure par moitié, arriver à
Madrid, vers 1867. Si quelqu'un avait dit que cet
efféminé devait être, n'importe où et dans quelles
conditions, ministre des affaires étrangères, tout
le monde eût répondu à peu près par le mot de
Rochefort, plus tard : — Ministre étranger à
toutes les affaires.

Razoua, qui écrivait les souvenirs d'un zouave
à la *Vie parisienne,* ne montrait point, malgré
ses cheveux rasés et ses épaisses moustaches
pendantes, le fond d'un meneur féroce d'insurrection. Quant à ce colonel de la Commune,
Massenet de Marancour, qui n'avait jamais eu
d'opinion qu'au jeu, sur la rouge et la noire, qui
avait signé au *Figaro* les portraits orthodoxes
des cardinaux romains, quel observateur lui eût
soupçonné, je ne dirai même pas un sentiment,
mais une velléité politique? Marancour, qui avait
eu l'occasion d'admirer, tout jeune, l'élégance de
M. de Morny, visait à l'élégance jusque dans ses
mauvais jours de bohème : le brillant de l'uniforme l'a perdu.

Vallès fréquentait le café depuis longtemps ; mais la politique ne lui avait sérieusement troublé la cervelle que depuis qu'il était passé, comme successeur de Rochefort, au journal de M. de Villemessant. Si nous comptions bien, nous verrions que le *Figaro*, qui a eu aussi Grousset, a produit plus de communards que le café de Madrid. Avec Vallès, qui s'étudiait à froncer son sourcil de nègre, à allumer des charbons sous ses yeux, à grossir sa voix en tonnerre roulant, je n'eusse répondu de rien ; et il m'eût annoncé, sans m'étonner, qu'il voulait faire flamber le vieux Louvre, de même qu'il demandait de brûler Homère.

C'était l'enragé à froid de l'effet à produire, et toujours le comique funèbre, qui, se vantant, quelques années auparavant, de n'avoir pas dîné, ajoutait : « Qu'est-ce que ça me fait ? J'appartiens à l'histoire ! »

J'ai aperçu à Madrid, tout à fait dans les dernières années de l'Empire, le lorgnon de Raoul Rigault ; mais cette tête chevelue de vieil étudiant bavard m'eût plutôt fait sourire que trembler.

Un autre, dont je me serais défié davantage, était une espèce de Quasimodo, à l'œil torve, aux cheveux d'un roux sale, braillard, indiscret

et gluant, qui a rempli je ne sais plus quelles
hautes fonctions de justice sous la Commune ; il
se nommait Andrieu.

Il est peut-être un menu fretin que j'oublie ou
que j'ignore. Cette salle n'était pas composée de la
même société, alignée sur deux rangs de tables ;
les limiers de police avaient même la leur, et des
visages nouveaux passaient par là, sur lesquels on
ne s'inquiétait guère de mettre un nom. La célébrité du Café de Madrid avait ses insectes bour-
donnants, comme toutes les célébrités.

Vous savez le tapage qu'elle fit après la
guerre et la Commune. Un jour, on trouva fer-
més les portes et les volets de la fameuse salle
de gauche « pour cause de réparations ».

Bouvet, le propriétaire de Madrid, fut soupçonné
par ses plus anciens habitués de complaisance
réactionnaire : on s'en alla chez Frontin. De
Frontin, on revint sur ses pas jusqu'au Pont-de-
Fer, et, finalement, nombre d'émigrés retournè-
rent au café de Madrid. Parmi eux, de nouvelles
figures : le fluet général Cremer, par exemple,
maigre, avec les pommettes rosées, l'œil bleu,
mélancolique et noyé des hommes qui meurent
jeunes, et l'ex-major de Garibaldi, Bordone, un san-
guin, celui-là, qu'on y voit encore régulièrement.

Les habitués de Madrid sont politiques et littéraires sans solennité , ce qui, dans la conversation, vif échange d'idées, ne gâte rien à la
littérature et à la politique. La peinture, cette
Majesté élyséenne des mois de mai et de juin, a
là des représentants, de même que le train par-
lementaire de Versailles y amène des députés.

Voyez plutôt : voici le comte d'Osmoy, qui
ruinerait le budget en subventions artistiques ,
causant, avec Babou, de ses dernières luttes au
sein de la commission; plus loin, c'est Ordinaire, qui permet à Carjat de le soumettre à
toutes les épreuves photographiques et de prendre dix fois sa tête ; à Richardet, de publier sa
charge à volonté.

Le matin, déjeuner d'habitués aussi dans cette
salle de Madrid; deux ou trois déjà nommés,
puis Poupart-Davyl, l'auteur de la *Maîtresse légitime* et des *Vieux Amis*, bien plus haut en couleur que ses pièces; — Gustave Mathieu, un revenant qu'on ne voit plus guère qu'à cette heure :
— tous deux arrivant de Bois-le-Roi, de la forêt
de Fontainebleau.

Dans la journée, l'ancienne clientèle des gros
entrepreneurs reprend la place. Mais n'allez pas
croire que cette salle soit tout le café Bouvet.

Madrid a eu, depuis au moins douze ans, le besoin et les moyens de se transformer et de s'a-
grandir. Madrid a sa salle de droite bourrée de
boursiers, négociants et gens d'affaires de toute
sorte, et, quand vient le soir, son petit salon du
milieu parfumé de cocotterie. Disposition heureuse, qui permet à tous les mondes d'y passer
sans se rencontrer.

Les appointements d'un ministre sont encore
assez loin d'atteindre le gain annuel de Bouvet.
Ce n'est pas lui qui aurait l'ambition de lâcher,
pour le portefeuille de M. Decazes, la serviette
qu'il porte toujours modestement sur le bras.

III

CAFE PROCOPE.

Je ne veux pas que la rive gauche soit jalouse. Nous l'oublions trop vite, quand nous avons touché barre au boulevard Montmartre. Combien d'entre nous, pourtant, ont une moitié de leur jeunesse sous les décombres que vont balayer les manœuvres du boulevard Saint-Germain !

Donc, d'une enjambée, je passe les ponts ; je souris à l'air morne de l'Institut, et j'arrive rue de l'Ancienne-Comédie, à ce café, déjà célèbre au dix-huitième siècle, très-fréquenté au commencement du nôtre, fourmillant d'habitués, il y a vingt ans encore, ressuscité de deux ou trois faillites, et vivant aujourd'hui, par miracle, dans un quartier dont le boulevard Saint-Michel a déplacé le centre et tari les anciennes artères : le café Procope.

On disait simplement Procope, autrefois, et

3

tout le monde comprenait. Mais il est d'autres
gloires, qui ont passé depuis cent ans, que celles
des fondateurs de cafés.

Hier, j'étais entré dans la salle où causaient,
jadis, les Diderot, les d'Alembert, les d'Holbach,
les Jean-Jacques, tous les philosophes, tous les
beaux esprits, du plus brillant au plus risqué, de
l'auteur de *Candide* à Piron. Au grand étonnement du garçon de service, je m'assis à cette
longue et large table que les journaux encombrent seuls, le plus souvent, et qu'on appelle la
table de Voltaire : marbre de couleur café au
lait, couché sur quatre légers pieds de bois re-
courbés, où la peinture a lutté contre le travail
des vers.

Voltaire? Il est là, sur ce panneau, peint par
je ne sais quel décorateur qui a éteint le masque
traditionnel sous une gravité rêveuse, et il semble me dire depuis un moment : «

— Tu cherches, n'est-ce pas? ce que le poëte
de ta jeunesse appelait mon « hideux sourire ».
Que n'en avait-il quelque chose? Il eût été plus
sain, et de moins pernicieuse influence. J'ai vu
Musset, tout jeune, à ta place même, battre ses
bottes, avec impertinence, du jonc qu'il tenait
entre deux doigts. Jamais blond plus élégant, aux

cheveux mieux peignés, ne s'est élancé, plus leste et plus ardent, à la conquête de la vie. Mais il avait les sens aiguisés plutôt que le cœur sensible, et, même à l'âge ordinaire de la tendresse, une Bernerette ne l'eût pas longtemps charmé. Il avait l'esprit français et prêt à tout, dans les choses de la fantaisie et de la grâce, comme dans celles de la passion ; mais il se montrait singulièrement égoïste aussi, cet enfant gâté, habitué à ne voir et à ne sentir que ses propres souffrances, et voulant en faire comme un miroir à ses contemporains et à ses cadets. Tel je le devinais, à dix-neuf ans, à travers les premières insolences de l'orgueil : incorrigible par nature et par éducation, méprisant le commun des hommes, comme s'ils n'étaient pas ses égaux dans la vie publique, et ne devant rien comprendre, en dehors de l'amour, aux aspirations et aux douleurs de l'humanité.

Le visage de Voltaire me parut s'éclairer, et j'entendis :

— Au fond, cet enfant terrible m'aimait... J'ai vu ici, jusqu'en ces derniers temps, des gens moins célèbres, mais que j'eusse cru plus redoutables, d'après les petits écrits qu'on en lisait sous mes yeux. Connais-tu un des défenseurs de

l'Arche sainte et de la Papauté, qui porte le nom
plaisant de Coquille ? Mais, c'est le plus doux des
buveurs de café et d'eau sucrée ! Pendant des années, — et il y a quatre ou cinq ans encore, —
je l'attendais, tous les soirs, plus régulier que la
pendule, à la même minute de l'heure. Il s'asseyait en face de moi, sur la gauche, entre Piron
et Rousseau. Sa figure rasée souriait béatement
sur sa cravate blanche ; adossé au mur, les mains
croisées sur l'estomac, il tricotait des pouces,
pendant que ses lèvres brochaient l'article catholique du lendemain. Il n'était pas jusqu'au sucre
du café et du verre d'eau qu'il ne remuât avec une
touchante componction. Un soir, il est parti.
Procope se fermait. Procope s'est ouvert de nouveau ; mais le rédacteur ultramontain du *Monde*,
qui me raccommodait avec les gens d'église, le bon
Coquille n'est pas revenu. Ah ! si Patouillet lui
eût ressemblé !

— En revanche, ô Voltaire ! si vous aviez vu
ici Veuillot !

J'avais tourné la tête, et je regardais Jean-Jacques, dont s'était voilé le sourire que le décorateur de Procope a eu la fantaisie de lui prêter.

— Eh quoi ! disait-il, elle est morte, celle qu'on
appelait la petite-fille de Rousseau ! Elle a sou-

vent passé devant moi, il y a vingt-neuf ans, au
sortir de dîner d'un de ces endroits que vous
nommez aujourd'hui des restaurants : le restaurant Pinson, ici près, lequel a, du reste, disparu,
à ce que j'ai entendu conter. Elle était George
Sand, avec toutes les fougues de l'âme que les
années même sont lentes à calmer.

« Te rappelles-tu madame d'Houdetot et sa
première visite à l'Ermitage ? « Elle était en
« homme, ai-je écrit dans les *Confessions*. Quoi-
« que je n'aime guère ces sortes de mascarades,
« je fus pris à l'air romanesque de celle-là. »

« Eh bien ! je fus pris de même, à l'air de cette
femme, en costume d'homme aussi, qui avait, de
quatre ans, dépassé la quarantaine, et portait,
comme l'autre, encadrant son visage plus mâle
et d'une singulière beauté, « une forêt de grands
« cheveux noirs qui lui tombaient au jarret. »
Quant à ses yeux, d'un feu sombre et profond, je
les ai encore moins oubliés.

« Elle dépensait partout une âme ardente et,
comme je disais de moi, « un tempérament com-
« bustible », qui s'était alors enflammé pour la politique. C'était en votre année de révolution 1848.
Un homme à la chevelure emmêlée et drue,
comme un chêne, accompagnait parfois madame

3.

Sand : un philosophe de votre temps, qui se
nommait, je crois, Pierre Leroux. Désormais,
c'est avec moi surtout qu'elle causera dans le
monde des esprits immortels. »

À ce moment, l'éclat de rire d'un ivrogne, qui
n'écoute personne, retentit dans la salle. Piron
n'y tenait plus.

— Et moi, disait-il, et moi, qui avais si gaiement composé mon épitaphe !

> Ci-gît Piron, qui ne fut rien,
> Pas même académicien.

N'ai-je pas eu mes surprises ? J'ai perpétuelle-
ment plongé sur des crânes blancs ou dénudés,
qui appartenaient à ce qué vous appelez pompeu-
sement l'Institut de France. Étaient-ils assez ter-
nes et ennuyeux, ces bonhommes, en lisant leur
Revue des Deux Mondes ! Ils me faisaient regretter son gros rédacteur Gustave Planche, ce
fils littéraire de pharmacien, que j'ai aperçu ici,
et qui corrigeait la solennité de ses écrits par la
licence de ses paroles et le débraillé de sa personne. Il me rappelait le temps où, au sortir du
café Manoury, la figure allumée et cherchant le
vent, bombant du ventre et tricotant malgré
moi des jambes, à l'entrée du Pont-Neuf, je ré-

pondais à qui m'interrogeait que j'attendais ma maison à passer.

« En revanche, je n'ai pas vu seulement des académiciens, mais, pendant longtemps, l'introducteur des Académiciens, aussi immortel que les introduits : M. Pingard qui, chaque jour, daignait asseoir sa dignité sous mes pieds. Voyons, jeune homme, connais-tu le vénérable Pingard ? »

Si je le connais et si je le vénère? Je crois bien; d'autant plus que j'ai eu affaire à lui en certaines séances académiques, et que le Pingard de l'Académie est enguirlandé d'anecdoctes. N'est-ce pas à lui, par exemple, que Musset, impertinent toujours, demandait en ses dernières années, quand il arrivait au palais Mazarin, un jour de séance :

— M. de Lamartine n'est pas ici?

— Oh ! vous savez bien que M. de Lamartine ne parait guère.

— Très-bien ! Et M. de Vigny n'est pas ici ?

— M. de Vigny? Non. Il est sans doute malade.

— Et M. Victor Hugo?

— Ah ! monsieur de Musset, vous n'ignorez pas que M. Victor Hugo...

— Très-bien ! très-bien. Je repasserai.

Comme je me livrais à ces souvenirs, une voix puissante, une parole verveuse m'emporta d'un autre côté. C'était Diderot que j'entendais.

— Les petits-neveux de Rameau ! criait-il. Ils ont passé ici. Ils étaient jeunes, insolents et intraitables dans leur misère. Ils arrivaient par bande, menaçant de tout chavirer sur leur passage ; ils montaient l'escalier avec l'air conquérant d'affamés qui vont enfin mettre une côtelette sous leurs dents aiguisées par le jeûne. Ils se nommaient Vallès, Potrel, Fouque... Mais est-il besoin de te les citer tous ? Le chapeau de Fouque ! Quelle merveille, même au pays de bohême, sans parler du soir de Noël où cet étrange garçon disait à d'élégants écoliers, ses voisins de table, qui allaient manger chez Dagniaux un menu qu'ils venaient de composer :

— Excusez-moi, messieurs, si je ne vous salue pas : mais j'ai du boudin dans mon chapeau.

Fouque ? Il avait été réduit à envoyer une pièce de vers à votre impératrice. Elle valait peut-être mieux que d'autres, la composition de cet indépendant, et il avait le droit d'espérer un mois de viande avec son pain. Votre auguste souveraine lui a fait généreusement tenir... quatre-vingts francs !

Et la jaquette en orléans de Potrel, à la mi-décembre ? Cette jaquette dont son père, le tailleur, qui l'avait rencontré, un jour de froid noir, tâtait les revers en souriant et en disant :

— Il me semble, mon garçon, que c'est un peu *frisquet ?*

Un filet aux pommes de Procope consolait de bien des choses, — les bouteilles de vin et les flacons de cognac aidant, — jusqu'au quart-d'heure de Rabelais. Mais il sonnait, ce quart d'heure maudit, et c'est la garde, quelquefois, qui allait faire régler la note chez le commissaire. Ah ! les fous et les gaspilleurs de la vie, allant au hasard, ne cherchant rien et attendant tout, envieux du bonheur et de la puissance des autres, parce qu'ils n'avaient que le courage des aventuriers et la force d'inertie des paresseux ! »

Mirabeau, la main dans le gilet, m'arrêta au moment que j'allais sortir :

— Dis à ce jeune homme dont la verve méridionale m'intéressait. quand je l'entendais parler, là-haut, des hommes et des choses de la Révolution, qu'il est sorti d'un orage, comme les grands prédestinés de la politique, et que sa rare fortune et son talent ont donné le droit de beaucoup attendre de lui.

Ce jeune homme qui, quoi que racontent les échotiers de certaines feuilles, lisait plus de journeaux à Procope qu'il n'y buvait de chopes de bière, est, — vous l'avez deviné, sans doute, — M. Gambetta.

Le café Procope est déjà loin de ce temps, où le domino et les échecs régnaient encore dans ses salons ; et il ne ressemble plus, je l'ai constaté avec quelque tristesse, à ce que je l'ai vu autrefois. Les nouveaux étudiants du quartier Latin sont des ignorants ou des ingrats, et je souhaite que la génération, qui fait les beaux jours du boulevard Saint-Michel n'ait rien à envier à son aînée, à celle qui a passé rue de l'Ancienne-Comédie.

IV

CAFÉ VOLTAIRE. — CAFÉ TABOUREY

Il y a dix ans, et moins encore, nous ne serions pas allés, sans nous arrêter, de la rue de l'Ancienne-Comédie à la place de l'Odéon, de Procope à Voltaire. Est-ce que, jusqu'à la fin de 1871, une halte n'était pas forcée au coin de la rue de l'École-de-Médecine, au Café de l'Europe?

Là, Murger, Banville, Nadar, Vitu, Champfleury se réunissaient jadis. C'était le temps de « la sainte bohême, » chantée dans les Odes funambulesques, et les *Scènes de la Vie de Bohême* ont été, en partie, écrites sur une table de l'estaminet, à l'entresol.

Là aussi, bien plus tard, entre 1862 et 1867, s'est assise, au rez-de-chaussée, une nouvelle génération littéraire. Alcide Dusolier régnait, comme client, à ce café de l'Europe, dont, à cause de lui sans doute, Alphonse Daudet et Paul Arène, sans compter les autres du même monde, étaient devenus les habitués. La politique même y a eu ses fervents, la République ses enthousiastes : Clémenceau en est sorti.

On ne se douterait guère de la double vie qui a rempli ce coin de rue en y voyant, aujourd'hui, une boutique de flanelles et de bonnets de coton.

A quelques pas du café de l'Europe, faisant demi-face au carrefour de l'Odéon, j'ai connu, beaucoup connu, le café Molière et ses clients quotidiens : *gandins* (c'était alors le mot) échappés de l'École de droit, dont on a fait depuis des secrétaires généraux, ou des préfets, comme R... ou L..., qui bravent tous les changements de ministères ; hommes de lettres par vocation, qui, eux, ont sans cesse à recommencer leur vie, pour prouver leur existence ; artistes à leurs débuts, à qui la fortune amène le numéro gagnant d'un tour de roue, comme Carolus Duran.

A Molière, j'ai déjeuné et voisiné souvent avec Jules Moulin, le consul assassiné de Salonique, simple attaché de ministère à cette époque, jeune homme d'une aimable modestie, qui, pendant que d'autres faisaient arriver avec tapage des voitures de remise à la porte, montait rarement dans la voiture de maître qu'il avait à sa disposition.

Le café Molière, amputé déjà par la faillite, est remplacé, depuis quelques années, par une fabrique d'instruments de chirurgie. Passons !

Au bout de la rue de l'Odéon, à gauche, voici le café Voltaire, qui a eu le bonheur de survivre au déplacement de centre du quartier Latin.

Le salon de *Voltaire*, qui touche à la rue Casimir-Delavigne, a été, pendant longtemps, comme le salon de récréation de la Sorbonne et de l'École normale. J'y ai, par hasard, causé « éclectisme » avec le maigre professeur de philosophie Saisset ; j'y ai vu M. Caro, figure d'homme heureux, poussé par la fortune à beaucoup d'ambition, et travaillant déjà à l'*Idée de Dieu*, en nourrissant celle surtout d'entrer, un jour, à l'Académie.

Mais n'y saluait-on pas, quelquefois, M. Désiré Nisard, le lorgnon pinçant légèrement le nez, habit noir, pantalon gris-perle, bottes fines et luisantes, — le classique Nisard, directeur alors de l'École normale, qui visait singulièrement à l'élégance, depuis qu'il avait lu le *Brummel* de son ami secret, le romantique Barbey d'Aurevilly? Puis, c'était « le petit père Caboche », comme on l'appelait à l'École, — et tout un cercle d'érudits.

4

Au milieu des hautes cravates blanches ou noires de l'Université, s'épanouissait régulièrement, après déjeuner, jusque vers deux heures, l'éditeur Charpentier (le père), tout orgueilleux d'avoir bâti sa fortune sur des poésies, qui, dans la seule année de la mort de Musset, avaient fait déborder la caisse.

Comme il semblait dire, en somme, à ce monde qui l'entourait :

— Vous autres, vous ne rapporterez jamais cela à un libraire dans toute sa vie !

Et il préparait la publication du *Magasin de librairie* pour battre en brèche la *Revue des Deux Mondes*. Malheureusement, faute du vrai Musset, il était obligé de se rabattre sur son frère..... et sur des professeurs. Le salon de Voltaire prenait l'air d'un cabinet de rédaction.

Vous souvient-il, si vous avez passé par là, en ce temps, d'un garçon aux cheveux en broussailles, et grisonnants déjà, sous le chapeau qui fuyait sur le collet du paletot ; nez canin chaussé de lunettes, bouche épaisse broyant sans cesse la parole sous sa moustache ; tête carrée, jambes infatigables, bras moins las encore de presser des livres d'où sortait toujours le couteau à papier? Il s'arrêtait pour saluer l'Université de son plus respectueux sourire ; il s'asseyait quelquefois.

C'était un personnage dans le tableau mouvementé alors du quartier Latin ; c'était un type de réfractaire aux intentions de la famille, que son compagnon Vallès eût pu peindre plus tard d'une façon intéressante, si celui-là n'avait pas échappé, par certains côtés, à la brutalité de sa palette, et à qui il n'a fait allusion que par un mot, celui-ci ou à peu près : J'en ai connu qui sont arrivés à Paris pour être ministres.

Ce réfractaire, plus curieux que d'autres, se nommait Thérion. Voilà six mois seulement qu'il est mort. On en a peu ou inexactement parlé dans un ou deux coins de journaux. Raison de plus pour le rappeler. Quel grand liseur... à la pointe du couteau jaune ! Mais cela lui suffisait, et , le livre coupé , quelques phrases saisies au vol des pages , il ne tarissait plus sur le sujet.

Vouloir l'endiguer, c'était précipiter le débordement. Il régentait la philosophie et la politique avec une ardeur qui ne se sentait pas de jeûnes fréquents ou prolongés. Il avait enfourché le dada du catholicisme libéral : Montalembert était son prophète. Il préparait un « grand livre », comme il disait, qu'il n'écrivait jamais, mais qu'il a tiré à

plusieurs éditions, il y a vingt ans, dans ses conversations de cafés.

Il fallait surtout l'entendre au premier étage
du Voltaire. Là, on était plus libre, en comité
intime. Les habitués, qui avaient d'autres moyens
que ceux de causer devant une demi-tasse vide,
se livraient avec rage au *polignac*, jeu où excel-
lait un jeune Méridional, employé, à cette époque, au ministère des finances, et qui a été, depuis, l'administrateur très-connu de la *République
française* : M. Péphaux.

— Ce diable de Péphaux gagnait toujours ! me
disait hier un ancien éprouvé du polignac.

— C'est vrai, répondit un de nos amis ; mais,
en revanche, lorsque Gambetta quittait Procope
pour piquer une pointe à Voltaire, il perdait tout
le temps.

Le polignac n'est plus, je crois, qu'un souvenir,
si c'est même cela, — à l'estaminet du premier
étage, quoiqu'une nouvelle jeunesse y ait ses jeux.
Mais les traditions me semblent parties, même
celle de l'omelette au fromage qui, autrefois, était
l'honneur et la gloire d'un chef de la maison.

Vallès paradait là, tous les soirs, au temps où
il écrivait les *Réfractaires*, et ceux qui se
croyaient appelés à prendre rang, s'abattaient,

le ventre vide, autour du maître parvenu. Celui-ci,
ne pouvant faire souper tout ce monde, le noyait
dans les demi-tasses, et C..... et D..... en ont,
certains soirs, englouti chacun la demi-douzaine.

— Ça fait digérer la faim, disait l'un d'eux.

Le salon de Voltaire, au rez-de-chaussée, où
l'œil peut plonger du trottoir de la rue de l'O-
déon, est celui qui a le moins changé de physionomie, quoique les années et les événements de
la vie aient dispersé ses anciens habitués. Mais il
est resté littéraire, essentiellement et superlative-
ment littéraire, car la plupart de ses clients, des
jeunes d'hier et d'aujourd'hui, ont, surtout, ce
que Banville appelle le culte de la Muse et du di-
vin laurier.

> Nous n'irons plus au bois :
> Les lauriers sont coupés !

Ce n'est pas au café Voltaire qu'il faut chanter
ce refrain de ronde, entre trois et cinq heures de
l'après-midi. Et pourtant, les poètes de l'endroit
me laisseront dire, sans me livrer aux Érinnyes,
que le laurier sacré met aujourd'hui longtemps à
verdir, lorsque, seulement, il réussit à pousser.

Quant à la Muse, elle n'est pas ingrate, mais elle
est humiliée quelquefois lorsqu'on veut abuser de
ses bontés et la mettre en omnibus, comme une

4.

grisette. Je tremblais pour elle, naguère, en voyant Albert Mérat, à peine sorti de son bureau du Luxembourg, affiler son crayon, sur une table de Voltaire, avant de prendre l'impériale pour aller de l'Odéon à l'ancienne barrière Blanche. Prenons garde, mon flave poëte, que la Muse ne nous fasse alors des niches, et, au lieu de partir pour Montmartre, ne fuie sous la verdure de la fontaine de Médicis.

Cheveux longs et noirs, plantés bas et dru, œil fiévreux dont le feu éclaire la pâleur du maigre visage, voici un des poëtes les plus sympathiques, — ce qui ne gâte rien à son talent, — du chœur parnassien : Valade, qui se repose de quelques heures péniblement passées parmi les paperasses de l'Hôtel de ville.

Front souriant, œil azuré, figure chevaline sous une chevelure en couronne, vous me demandez qui est ce jeune homme qui cause avec Valade? De son nom littéraire, Pierre Elzéar ; sur le tableau des avocats, Elzéar Bonnier, le petit-fils de feu Ortolan. Et comme il a raison de rayonner à la vie, qui a pour lui tous les sourires !

La critique est admise, surtout quand elle touche à la poésie. Ne vous étonnez donc pas de voir, dans ce groupe, Émile Blémont. Moi-même, qui

m'assieds à l'écart, un peu comme partout, j'hé-
siterais à pénétrer dans cette chapelle poétique du
café Voltaire, si je n'étais soupçonné d'avoir gardé
quelque tendresse pour les oiseaux bleus de la
poésie et les rimeurs harmonieux.

* *

Ce clan littéraire est parti, un jour, du café Tabourey devant la grille d'entrée du Luxembourg.

Pourquoi? Je n'ai pas à le savoir. Au reste,
Tabourey, un des plus sérieux cafés de la rive
gauche, n'était pas fait pour lui. Tabourey est,
en quelque sorte, la *Revue des Deux Mondes* des
cafés. Il vit et il vivra par la tradition.

J'ai vu, pourtant, le petit salon de son estaminet plus animé que le recueil de M. Buloz, qui
était représenté, là, par son rédacteur régulier
en ce temps : Émile Montégut. Ah! ce n'est pas
moi qui ai, dernièrement, été étonné que cet hy-
pocondriaque, à tête en cône, ait voulu rendre la
République responsable de l'abaissement de l'art
dramatique ! M. Montégut n'a jamais été content
de rien, ni de personne, ni de lui-même. Je l'ai
étudié dans son coin, auprès de la cheminée de
marbre blanc. Il déjeunait et dînait, par habitude;

il fumait, par ennui. Les cigares charbonnaient de tristesse entre ses lèvres ; le feu de la vie lui a toujours manqué.

Émile Montégut réprimait avec peine ses bâillements, en écoutant son collaborateur Paul Perret, tête correcte, mais froide, de romancier à jet de tisane, dont la *Revue* ne pouvait ni illuminer la tête, ni changer la tisane en champagne.

Il regrettait les grosses naïvetés, en conversation, de Louis Bouilhet, dont le succès, le soir de la première représentation de *M*me *de Montarcy*, a été chauffé au café Tabourey, et en est sorti tout bouillant.

Les soirs d'hiver, on voyait entrer, enveloppé d'une limousine à doublure de velours noir ou rouge (il en avait deux), le chapeau à ailes retroussées, planté sur l'oreille gauche, les sous-pieds collant sur les bottes vernies, le pantalon à larges carreaux, Barbey d'Aurevilly. Son repoussoir, le grotesque Nicolardot, qui, à une laideur tortueuse de vieux séminariste, mêle un orgueil de pou, trottait assez régulièrement à ses talons. Je n'ai vu sourire Montégut qu'à ces entrées en scène de Barbey, qui, du reste, ne lui parlait pas. Entre la *Revue des Deux Mondes* et d'Aurevilly, il y avait plusieurs abîmes, et un roman jadis refusé,

malgré la main qui le présentait. Et il fallait, alors,
l'entendre, crevant cette *Revue* de tous les pétards de son esprit, — dès qu'on lui en offrait l'occasion, aux oreilles dressées de Montégut et aux
yeux étonnés de Paul Perret.

Le catholicisme même prêtait à ce catholique
paradeur des fusées dont la baguette retombait à
pic sur la tête de M. Veuillot. Barbey devenait
étourdissant, quand il faisait sauter sur la raquette
les raisonnements de Lasserre, du grand Lasserre
au vaste front, désert sans oasis, — aux moustaches de chat noir, qui doublait alors, d'Aurevilly
au *Pays,* et qui est devenu, depuis, l'historien du
miracle de Lourdes et l'inventeur de son eau.
L'étonnement augmentait la bouffissure de Vallon
(l'ancien Colline de Murger) qui écrivait au *Jour-*
nal des Villes et des Campagnes. Seul, Raymond
Brucker, un impitoyable et solennel bavard, arrivait à calmer ou à détourner la fougue de Barbey,
quand il avait dîné avec lui au restaurant Martin.

Ah ! si le bon Coquille avait été, en ce temps,
dans la salle voisine, comme on l'y voit aujour-
d'hui ! Un abonné de plus pour cette Revue, pardon ! pour ce café de la *Revue des Deux Mondes,*
qui est plus que jamais celui du *Monde,* depuis
que son rédacteur en chef y prépare le verre d'eau

sucrée. Mais c'est, du reste, le café de tous les
journaux, qui font paravent à la rangée de leurs
lecteurs, quand on regarde aux vitres de la rue de
Vaugirard.

On ne fumait pas autrefois dans cette salle ; il
paraît que, depuis la guerre, on peut allumer un
cigare sans encourir un rappel à l'ordre du directeur, — je veux dire du patron, M. Dubois. En
vérité, la révolution s'est introduite partout !

V

CAFÉ-BRASSERIE DES MARTYRS.

J'ai l'air de sauter, par caprice, d'un bout de
Paris à l'autre. C'est le contraste seul qui me dé-
cide à un pareil bond.

Chacun a sa voie, qui ne conduit pas toujours à
l'Institut, à la Sorbonne, à Notre-Dame de Lourdes ; mais personne, je crois, n'est damné pour si
peu. Damné, du moins, comme l'entendent M. Dupanloup et M. Veuillot ; car, autrement, nous allons entrer dans un de ces enfers parisiens, dont
les flammes joyeuses empêchent de voir plus d'une
ombre tourmentée.

Il faut, — il fallait plutôt, — plonger audacieu-
sement dans celui-là pour le connaître ; et quelques heureux en sont revenus, qui n'auraient pas
le courage d'en parler.

Quelle insouciance superbe, en apparence, et
quelle étincelante gaieté ! Au fond, que de préoc-

cupations mesquines, et que de chagrins lanci-
nants ! La vraie bohême était là, celle qu'il serait
difficile de mettre en chansons et en musique,
et dont le roman tragi-comique, qui n'a pas été
écrit, ne saurait être fait aujourd'hui. On ne com-
prendrait plus. Elle était pourtant plus instructive
et d'un intérêt plus poignant que l'autre, la
bohême sentimentale qui se résume en six couplets. qui n'attendrit que les collégiens et les
blanchisseuses, et dont on ne peut tirer aucun
enseignement.

Murger vieilli a dû le sentir, tout le premier,
lui qui a été un des fondateurs de la brasserie
des Martyrs.

* *
*

En ce temps, cette brasserie, avec ses grandes
fenêtres toujours fermées du premier étage, n'a-
vait pas, même au rez-de-chaussée, l'aspect ouvert et presque luxueux qu'on lui voit aujourd'hui.
L'escalier ne se montrait point, étincelant, aux
passants, dans la petite salle de la terrasse, avec
une rampe couleur d'ébène, et une urne dorée à la
place de la pomme vulgaire. Les tables n'étaient
point en marbre blanc, mais de ce bois de chêne
qui buvait assez vite la bière renversée.

On voyait le vieux Baptiste, un type de garçon
digne de ce milieu, trottinant à travers la grande
salle, portant les chopes et les ronds de liége, ou
les choucroutes, dont l'odeur faisait, de dix heures
du matin à minuit et demi, s'épanouir les narines.
C'était l'âge d'or..... de la choucroute, à Paris,
l'époque primitive du bock, l'enfance de l'art de
la brasserie. C'était le temps où le timbre des
pendules a commencé à sonner cette heure particulière, qui en dure deux ou trois, et qu'on a
appelée « l'heure de l'absinthe ».

Que dirais-tu, Guichardet, si tu revenais, un
jour, dans ce quartier, où les anciens compagnons, qui descendent au boulevard, passent sans
se reposer longuement, où tout a changé, — les
hommes, les habitudes et les maisons ?

Guichardet avait déjà, quand je l'ai connu à la
brasserie des Martyrs, « la carte de Bourgogne
sur le nez ». L'image est de lui. Il prétendait
avoir vécu dans l'intimité de tous les hommes célèbres, même des plus grands, et il poussait au
degré le plus étonnant la familiarité du prénom.
Il disait, tout à coup, en pleine conversation :

— Cela me rappelle qu'ayant, voilà quelques
années, rencontré Alphonse...

— Alphonse !... Quel Alphonse ?

5

Et Guichardet répliquait, avec un mépris évident de son interlocuteur :

— Il n'y en a pas deux... Lamartine, parbleu !

Je ne l'ai jamais entendu appeler Musset autrement que « ce pauvre Alfred. »

Pauvre Guichardet !

« La fée aux yeux verts », comme de Molènes nommait l'absinthe, l'avait peut-être rapproché, quelque soir, du poëte de *Rolla*. Ils en sont morts tous les deux, sans moelle dans les os, et bégayant pitoyablement, dans leurs dernières années. Que dis-je ? Le bohème des *Martyrs* (abréviation parisienne qui désignait la brasserie) et, en dernier lieu, du comptoir de liquoriste du faubourg Montmartre qu'on appelait « la Consolation », ne pouvait même plus achever les mots.

C'est ainsi qu'à son lit de mort, dans cette maison de santé, d'où les hommes de lettres ne sortent que « les pieds en avant», selon l'expression du peuple, il demandait : Abs ! Abs !... et que, d'après ce sifflement vague, on croyait qu'il désirait l'absolution. Il réclamait l'absinthe, comme viatique.

— Je veux dire toute la vérité sur le père Ingres !

Qui parlait ainsi, avec un accent franc-comtois

des plus prononcés ? Qui faisait un cours de critique d'art, en s'enveloppant la tête d'une auréole de fumée de pipe ?

Théodore Pelloquet, qui, autant que personne, connaissait le métier et eût fait un pontife, comme Gustave Planche, s'il avait rencontré son Buloz. Planche n'avait pas plus de tenue que Pelloquet, et il n'a manqué à ce dernier qu'une *Revue des Deux Mondes*. Le hasard est de moitié dans la vie de tout homme armé d'une plume ; beaucoup d'intrigue et un peu de talent font le reste. Pelloquet, aussi paresseux que Gustave Planche, avait le talent qui suffit, sans les relations qui s'imposent.

Voilà comment, oisif par force, usé par le noctambulisme où il cherchait une perpétuelle agitation, désespéré, malgré son ricanement à dents découvertes, je l'ai vu finir, aphasique, gâteux, dans un hospice de la frontière italienne, à Nice, où il est perdu, parmi des idiots vulgaires, dans le cimetière de Saint-Pons.

Vous voyez bien qu'une étude des cafés de Paris n'est pas chose toujours plaisante et légère, et que, des mœurs et des souffrances d'une époque, celles-ci y saignent, celles-là s'y découvrent tout entières. Des plaies, j'y consens ; mais nous en avons d'autres qui ne les valent pas.

*
* *

> Habitants du Havre, Havrais !
> J'arrive de Paris exprès
> Pour mettre en éclats la statue
> De Delavigne Casimir.
> Moi je me nomme Clodomir.
> Il est des morts qu'il faut qu'on tue !

Quelle est cette voix de vieux mélodrame, sortant d'un corps assez frêle qui porte, sur ses épaules, une tête très-chauve et très-rousse de faux François Ier ?

C'est celle de Fernand Desnoyers, qui, allongeant le pas, et retroussant ses moustaches, s'avance vers la table où sont assis ses maîtres : l'un, front superbe, d'où fuit une longue chevelure épandue sur le col, œil brun où se peignent toutes les choses extérieures, figure tour à tour rêveuse et révoltée, Pierre Dupont. Mieux qu'un chansonnier : un poëte de race.

L'autre, nous l'avons déjà rencontré dans cette série de cafés : Gustave Mathieu, dont Desnoyers imitait tout, excepté le côté bourgeois de l'intérieur. Tort grave.

Mathieu n'avait que les gestes d'un diable à quatre : il a encore l'œil vif et le pied ferme. Le vagabond Fernand s'est éteint comme une chandelle à bout de suif. Et lui, — Pierre Dupont ! — il est mort, vidé, du cerveau aux entrailles, après avoir chanté ses beaux vers, pour vivre, sur la scène des Élysée-Montmartre, et autres lieux ! Ces souvenirs ne me reviennent jamais sans m'émouvoir, quand, sur le fond, se dessinent une vraie tête et un admirable talent.

Les années vont aussi vite que les morts de la ballade. N'était-ce pas ce matin que je déjeunais, au premier étage de la brasserie des Martyrs, à côté d'Alphonse Duchesne? Il n'avait pas encore écrit sa réponse à Sarcey de Suttières, pour défendre les hommes de lettres des cafes; il était loin d'être ce qu'il était devenu : comme un sous-rédacteur en chef du *Figaro*.

Mal peigné, mal brossé, la lèvre déjà chargée d'amertume, Alfred Delvau écrivait. Quoi, à cette époque? Je ne saurais le dire. Mais quelle lutte âpre, acharnée, à travers toutes les conditions qui semblent la rendre impossible ! Celui-ci et celui-là, deux noms aujourd'hui sur des pierres du cimetière Montmartre.

Et Amédée Rolland et Charles Bataille, et Du Boys, qui avaient quitté le café Racine et passé l'eau après un ou deux succès à l'Odéon ?

5.

⁜

Du Boys, un travailleur, rimait sur une table
de la brasserie des Martyrs des vers *A la Chatte
blanche*.

La chatte a vieilli et ne s'en porte que mieux;
lui, après avoir écrit la *Volonté*, pièce représentée à la Comédie-Française, il a senti que sa
volonté était plus forte que sa cervelle. Il est
allé mourir fou, en province. Bataille, qui était,
pourtant, d'une organisation plus vigoureuse?
Mort fou dans une maison de santé de la rue de
Reuilly. Rolland, le Bourguignon aux épaules car-
rées, à la large poitrine? Emporté par une phthisie
galopante. Les hommes sont comme leurs écrits :
Habent sua fata. Et le destin est implacable.

J'ai peur de citer d'autres noms; les lignes
d'épitaphes m'entraîneraient trop loin, et nous
sommes, au temps que je rappelle, dans un milieu
vivant, joyeux, exubérant de toutes les sèves. Les
jeunes entrent aux Martyrs, comme s'ils allaient
se faire sacrer poètes, peintres, auteurs dramatiques, critiques, romanciers. C'est le laboratoire
des choses qui paraîtront demain, ou ne parai-
tront peut-être jamais; en tout cas, c'est la four-

naise. Toujours intéressante? Je ne le prétends
pas. Des écumeurs d'articles, en veux-tu? Des
dévoyés? En voilà! Ah! je vous ai avertis que je
vous introduisais dans un monde bizarre, presque
fantastique!

Et les Mimi, et les Musette, qui arrivaient là,
en cheveux, comme chez elles, croyant au génie
des Marcel et des Rodolphe, n'en dirons-nous
rien?

Pourquoi pas?

N'étaient-elles pas plus sympathiques, ces filles
de Paris, qui écoutaient tout attentivement, —
au moins patiemment, — les discussions sur l'art,
sur la poésie, sur l'article de la veille, sur la critique du jour, — que toutes ces drôlesses, pêches
à quinze sous de Dumas fils, et pécheresses à
un louis du boulevard, qui empèsent de boue leurs
volants de taffetas?

Je ne jurerais point qu'elles n'attendissent pas
un peu l'heure du succès sonnant en argent; —
mais elles attendaient.

Le jour où une d'elles arriva, en chapeau de
velours noir, et drapée d'un grand châle à carreaux rouges, gantée, comme une femme d'agent
de change, ce fut un événement. Mais ce n'était
pas la fin de ce monde.

*
* *

Il va délaisser, peu à peu, la brasserie pour
s'enfourner dans un petit café, juste en face.

La Belle-Poule, dont le vaisseau en ronde-
bosse, — son enseigne, — ne se pavane plus,
sur le mur, depuis une douzaine d'années déjà.

Nous le suivrons, de là, au café de la place Pigalle, au fameux Rat-Mort. Toujours le même,
au fond, mais grossi de nouvelles recrues, qui ont
eu leur petit moment de célébrité.

J'ai montré, en commençant, la brasserie des
Martyrs d'aujourd'hui, embellie, transformée.
Qui s'y arrête, cependant, parmi ses anciens habitués? Monselet, par hasard; Carjat, comme voisin; deux ou trois autres, par souvenir. Encore,
si vous y cherchez des journalistes, entrez plutôt
par la nouvelle salle, rue Notre-Dame de Lorette.
Du côté de la rue des Martyrs, changement de
visages, du premier client au dernier.

L'aspect n'en est pas moins particulier : les
commerçants du quartier ont envahi la brasserie;
les bourgeois s'y attablent, sans crainte d'être
bombardés par des discours de fantaisiste à son
sixième bock. Mais comme, par sa situation, elle

ne peut perdre tout pittoresque, j'y ai vu naguère
le soir, y prenant régulièrement le café, toute
une société de marchands de tableaux et de curiosités, chargés de cadres ou de bronzes, dont la
conversation pouvait en apprendre fort long sur
les secrets de l'hôtel Drouot. Feu Couvreur y
trônait et y sommeillait largement. A qui, maintenant, la place du milieu?

Le mari, à cette heure, peut conduire sa femme
à la brasserie des Martyrs; la mère peut y faire
reposer sa fille. J'en suis heureux pour les familles
pudibondes; mais, cela, je ne l'avais jamais rêvé.

VI

SOUVENIRS DE LA BELLE-POULE.

LE RAT-MORT.

L'auteur de ces études sur les cafés de Paris, par curiosité des choses inénarrées que la réalité peut produire, sans que l'imagination ait rien à y ajouter, a, autrefois, couché sur le papier, et sous ce titre : « *Un Monde impossible* », le plan d'un roman... impossible.

Impossible pour lui, qui croit que tous les sujets ne s'accordent pas avec la délicatesse littéraire, si libre d'esprit et de style qu'on puisse être. Sans cela, tous les chapitres étaient dictés d'avance par les souvenirs conservés, ou par les confidences reçues, et ce roman bizarre, fantastique, étourdissant, eût commencé au café de la Belle-Poule.

Je l'ai déjà dit; je suis obligé de passer par la Belle-Poule, quoiqu'elle n'existe plus, pour y retrouver les anciens clients de la brasserie des Martyrs, ramasser des nouveaux venus, et suivre tout ce monde, à sa montée, jusqu'au café de la place Pigalle : le Rat-Mort.

N'allez pas penser que nous sommes dans un de ces bouges de fantaisie où les gens de quelque tenue ne hasardent qu'un coup d'œil au passage et n'entrent qu'un soir d'audace, le chapeau sur les yeux, et prudemment drapés dans leur par-dessus. Non point. A la Belle-Poule, Théodore de Banville s'assied volontiers, et Baudelaire dîne quelquefois. Baudelaire! l'homme du *cant* an-glais. pourtant. Il est bien entendu que les Catulle Mendès et autres caudataires y étaient arrivés.

Et à la queue de cette queue, et tout autour, mêlés aux poëtes, aux hommes de lettres, aux journalistes, quels types vagues, mais singu-liers !

Comme patron de l'endroit, un garçon blond, à l'œil faïence, qui, jeune, a tout usé de ce qu'il pouvait toucher dans son milieu de vie, jusque-là, et qui cherche quelque nouveauté dans le monde qu'il reçoit, et qu'il attire dans ce coin obscur. La réputation de Dinochau, du fameux Dinochau, de la rue Bréda (encore un souvenir, rien de plus), que les petits journaux avaient

plaisamment surnommé « le restaurateur des
lettres », l'empêche de dormir. Il installe une
table d'hôte à l'entresol.

Mais le dîner manquait d'intérêt, ou plutôt
d'émotions. C'était à l'heure du souper qu'il fallait
entrer à la Belle-Poule, surtout les soirs de carnaval. Quel tapage de conversations folles et de
discussions insensées dans la salle du bas! Bataille lui-même, qui était sourd, en laissait parfois échapper la queue de billard de ses mains.

Perçant tout, par intervalles, des éclats de
rire à belles dents! Puis, à la fin, entre les coups
secs des bouchons de champagne qui sautaient,
une voix de femme qui chantait, de façon à sé-
duire et à calmer les plus bruyants, des airs naïfs
et délicieux de rondes paysannes. Contraste que
l'on ne prévoyait guère ; fraîcheur inattendue,
dans cette atmosphère ardente, où les têtes
menaçaient d'éclater.

Toutes, il est vrai, n'y renonçaient pas. Potrel
allumé, par exemple, n'était pas si aisé à éteindre ;
et, — ceux-là seuls le savent au juste, qui l'ont
pu voir, — les excentricités de cet ancien candidat à l'École normale, qui se vantait de lire
Platon, dans le texte, de cet ancien comédien,
retour d'Odessa, qui avait voulu jouer la tragé-

die et était seulement un comique, un mime
étonnant, surtout dans les conversations et les
farces de sa vie, les folies de cet être qui cherchait toutes les voies, — celle de la littérature,
en dernier lieu, — et ne se tenait debout dans
aucune, dépassaient la plus incroyable insanité.

Son compère Destouches lui donnait la réplique. Je permets au feuilletonniste, le plus fécond
en surprises, de se livrer à toute son imagination : s'il n'a pas connu Destouches, il ne l'inven-
tera jamais.

— Peuh! dites-vous, quelque bohême hors de
tous les gonds.

Oui ; mais autre chose encore, avant, pendant,
et en espérance.

Ce Destouches était né dans un vieil hôtel du
Marais, et il avait passé son adolescence dans une
maison de correction ; ce bohême tenait de sa
mère, morte, six mille livres de rentes, et il était
jeté à la porte, rue Lamartine, par le concierge
de la maison qui lui appartenait. Il couvrait ses
épaules trapues d'une vareuse, coiffait sa grosse
tête ronde, au front bas, aux yeux gris noyés, au
nez de chien terrier, d'une casquette de chauf-
feur; et son père, vivant encore, avait huit cent
mille francs.

A sa sortie de l amaison de correction, il avait
rejoint ses anciens camarades de pension, à la
barrière. Que voulez-vous? Il ne connaissait
qu'eux. Chose plus grave, plus terrible : il s'était
marié sur ces hauteurs excentriques de Belle-
ville.

Puis, un jour, il avait voulu secouer toute
cette boue. Il avait descendu au quartier des
Martyrs ; il était entré là où tous les épavés peuvent se reposer sur une banquette. Il était naturellement intelligent, et son passé donnait une
tournure étrange, originale, à son esprit, dans le
monde où il avait fini par s'introduire.

En somme, il s'était décidé à écrire, ce pa-
ria ! Quoi, en dehors de petits articles ou de
petits journaux complaisants ? Les *Confessions
d'un Commis voyageur*, inspirées par Marancour, qui les signait tout seul ; autres choses encore, où ne paraissait pas son nom.

Pître funèbre, à travers tout : plus fanfaron de
vices que vicieux, y rêvant par ennui, s'en déco-
rant par amusement, il eût été épouvantable de
cynisme, s'il ne s'était montré parfois plus étonnant de naïveté. — Où allait-il? On pouvait le
pressentir. A l'arbre du bois de Boulogne, où on l'a
décroché vivant encore. Au fossé des fortifications,

où on l'a ramassé les chevilles brisées, les reins cassés, n'ayant plus qu'à aller finir douloureusement, malgré une gaieté de parade, dans le lit de la maison de santé.

Potrel, lui, un Kalmouck de tête, Normand de race, est mort propriétaire, héritier de 120,000 fr., et ne pouvant plus manger, quand il avait dépensé, pendant des années, plus d'esprit pour se faire offrir une côtelette, que d'autres pour composer dix pièces à succès du Palais-Royal.

Tous les deux ont été enterrés, à leur heure, sous quelques lignes d'un des rédacteurs en chef du *Figaro*, leur ancien ami, Francis Magnard, qui, pour ces petites cérémonies, coupe fortement de vinaigre l'eau bénite de son goupillon.

Entre Potrel et Destouches, leur collaborateur, — comme projet de pièces ou d'articles, car il n'écrivait jamais, — Marancour, cet aigrefin, se distinguait par une attitude dont je ne l'ai vu chavirer nulle part, au fort du jeu comme au fort du souper, devant le tapis vert de la Maison-Dorée comme devant la nappe de la Belle-Poule. Il avait l'air d'un rapin amateur par la chevelure, d'un jeune premier de la Porte-Saint-Martin, par le visage rasé frais, la moustache et la royale exceptées, et par le costume : longue redingote, —

dite impériale, alors, — pantalon noir, et bottes
vernies. A peine s'apercevait-on, après plusieurs
bouteilles de champagne, qu'il zézayait plus vi-
vement dans le nœud de sa cravate blanche. Ce
futur colonel de la Commune était froid, raisonné
jusque dans ses passions, il les avait à peu près
toutes, si l'on en retranche l'ivrognerie, ce qui
lui donnait, du reste, une élégance.

Ne croyez pas que, le souper fini, les portes
fermées, la Belle-Poule était déserte. Depuis un
ex-poéte de la *Revue des Deux Mondes*, jusqu'à
un correcteur d'imprimerie, que beaucoup d'é-
preuves n'arrivaient pas à corriger lui-même, il y
avait, là, de nocturnes habitués qui transfor-
maient les banquettes en lits, la salle en dortoir.

Et voici l'imprévu et le burlesque :

Alexandre (c'était le nom du patron insensé de
l'endroit, qui est allé plus tard finir ses aventures
en Amérique) faisait consciencieusement l'appel de
ces locataires sans autres logements. Le correcteur d'imprimerie avait le numéro 1 ; le poéte de
la *Revue des Deux Mondes*, le numéro 2. Il est
inutile de rappeler les autres déclassés ou dévoyés qui complétaient la chambrée.

Et si l'un de ces coucheurs à la banquette
manquait à l'appel de son numéro, — alors...

6.

Oh ! alors, le châtiment était terrible ! Alexan-
cre lui refusait le crédit du déjeuner, ou du dîner
du lendemain.

Alexandre ne permettait pas de découcher sans
qu'il eût le droit d'accuser les coupables d'ingratitude, et de les en punir.

N'est-ce pas qu'il y a là des scènes inimagina-
bles d'étude contemporaine ? Et si je pouvais tout
dire ici !

Évidemment, cette Belle-Poule devait échouer
sur l'écueil de la faillite ; et elle y échoua. L'ex-
poète de M. Buloz resta le dernier, avec le capitaine Alexandre, buvant des bocks sur la dernière
table de marbre, qui était mise à l'encan.

C'est alors que la bande, plus ou moins littéraire, dut chercher un autre refuge.

Et elle monta jusqu'à la place Pigale au Rat-
Mort, où Duchesne et Castagnary, que le flot de
la nouvelle clientèle avait chassés, par son tapage,
de la Belle-Poule, faisaient tranquillement, le soir,
leur partie de jacquet. C'était le radeau des
naufragés.

Mais pourquoi ce nom de *Rat-Mort ?*

Tout simplement, parce qu'un des premiers
clients découvrit, un matin, un rat crevé sous la
banquette. Le mot était trouvé ; la réputation du

café, dans un monde que tout pittoresque séduit, était faite déjà.

Et le pittoresque ne s'arrêta pas au nom.

Vous connaissez, après la brasserie des Martyrs, après la Belle-Poule, les trois quarts de la clientèle qui vient d'aborder en face du bassin Pigale.

Pelloquet est là, et demande une absinthe, qu'on lui sert, sans lui apporter en même temps la carafe d'eau. Il parle, — comme il parlait toujours, — la pipe à la bouche, et *postillonnant* dans son verre. Je commets un affreux néologisme, même dans la langue verte, en cherchant un mot propre, — ou à peu près.

— Eh bien? demanda-t-il tout à coup, et la carafe?

— Ne vous dérangez pas, garçon, crie une habituée assez spirituelle de l'endroit : l'absinthe est faite.

C'est au Rat-Mort que Potrel recevait une gifle de bonne main, après deux ou trois avertissements inutiles, et que, s'étant levé, debout sur le seuil de la porte, il décochait avec majesté cette menace comique à son gifleur :

— Et surtout, monsieur, ne vous vantez jamais de m'avoir souffleté !

Le vieux Montjoie, le peintre Montjoie, — le
fils du danseur, jadis célèbre à l'Opéra, — qui
avait été lui-même, à ce qu'on assurait, un élégant,
un homme d'esprit et à bonnes fortunes, arrivait
à la terrasse, traînant ses savates sous des bas
de pantalons en franges, un carton sous le bras
à moitié couvert, parfois, d'un carrick rongé des
vers depuis 1830. Épave lugubre, débris qui fût
tombé plus bas encore, s'il y avait une chute au-
dessous du ruisseau.

En revanche, voici des jeunes. Oliver Métra, —
par exemple, — chevelure blonde, alors, crépue
et révoltée, couronnant une tête inquiète aux
yeux bleuâtres, dont le regard suit déjà le « vol
lascif et circulaire » de la Valse des Roses.

Les vrais littérateurs ne dédaignent pas de
s'asseoir au Rat-Mort. Si Banville a franchi les
ponts, si Baudelaire a passé la frontière et se
meurt d'ennui à Bruxelles, Monselet ne trouve pas
qu'il ternit sa fraîche décoration, en se mêlant à
ce monde que ses curiosités lui font aimer.

Vous faut-il un neveu d'ancien et très-puissant
ministre de l'Empire! En voilà un qui monte à
l'entresol.

D'autre part, Razoua, ce farouche, à ce qu'on
prétend, de la Commune, file l'amour platonique,

tout le long du jour, auprès d'une brune indiffé-
rente. Manuel Bienbar, que sa grande fadeur
blonde et ses yeux bleus sans flammes faisaient
surnommer « le Christ de Nuremberg », travaillait
le canevas de ses *Bonnes Filles*. Quant à Marancour, il est toujours là, aussi, attendant tout, prêt
à tout endosser, pour paraître avec quelque éclat,
— même cet uniforme de colonel qui l'a perdu,
et qu'il étalait si brillamment en voiture décou-
verte.

Les événements ont passé. Le Rat-Mort est
resté comme un café de tradition, que continuent
à fréquenter les indépendants de la politique, où
descendent tous les journalistes de Montmartre,
où les jeunes gens renseignés du quartier Latin,
par omnibus ou par voitures de place, arrivent,
plus d'un soir, en pèlerinages.

Son nom ne lui a pas porté malheur, — ni ses
clients non plus. Je n'assurerais pas au Rat-Mort
qu'il est immortel ; mais on ne peut promettre
l'immortalité à aucun établissement, — en haut
ou en bas, de quelque degré littéraire qu'il
puisse être, — pas même à l'Académie du Pont-
des-Arts !

VII

CAFÉ DE LA REGENCE. — CAFE MANOURY.

S'il vous plaît de passer dans un milieu plus calme, de tradition plus ancienne, de nom historique, nous allons dégringoler la butte des Martyrs ou le mont Bréda, et enjamber le boulevard, pour ne nous arrêter qu'à la place du Théâtre-Français.

En face de nous, un peu sur la droite, voyez le café de la Régence. Trois pas, — et nous y entrons.

Ai-je besoin de vous dire que, comme situation de café, nous ne sommes pas tout à fait à la Régence de Diderot et du neveu de Rameau, de Jean-Jacques Rousseau, de Bonaparte et.... d'Alfred de Musset lui-même. Celle-là, tombée sous les premières pioches qui ont entrepris d'embellir Paris, faisait l'angle de l'ancienne place du Palais-Royal.

Musset, que je viens de nommer, y passait la moitié de sa vie, y fumant, chaque jour, des pa-

quets de cigarettes, dont il noyait l'ardeur desséchante dans cette absinthe qui gâtait l'homme et
le poète à la fois, — y jouant aux échecs, — lui,
l'esprit capricant, sans frein et sans brides, des
Contes d'Espagne et d'Italie, — et, faisant mieux
encore : devenant le maître de coups inconnus.

Musset, dans le monde de la Régence, n'est
pas seulement le poète de l'immortelle *Nuit de
Décembre*, sans compter les autres.

> .... Jamais dans les tavernes,
> Sous les rayons tremblants des blafardes lanternes
> Plus indocile enfant ne s'était accoudé
> Sur un table chaude et sur un coup de dé.....

Rarement, aussi, chercheur plus incroyable
devant l'échiquier. C'est ainsi qu'il a donné son
nom à un problème, dont je vous prie de récla-
mer l'explication (et d'abord, que dirait Feistha-
mel, si je mettais le pied sur son terrain?), d'un
plus fort que moi : « Le problème des deux Cavaliers. »

Les démolisseurs arrivant, la Régence dut dé-
ménager, le plus près possible, et elle s'installa
où nous la trouvons encore, dans la rue Saint-
Honoré.

Ah ! ce fut toute une révolution !

Dans leurs boîtes, malgré toutes les précautions
prises, les reines faisaient rage, les cavaliers piaf-

faient de colère, les tours craquaient et menaçaient
de tout ensevelir sous leurs débris.

Échec? C'en était un, et assez brutal.

Mat? Non pas; heureusement.

Les joueurs suivaient; la partie était sauvée,
en somme, pour le café exproprié.

— Et pourtant, me disait un enthousiaste, « les
hommes de génie des échecs » étaient partis, o
allaient partir.

Labourdonnaye? Mort déjà.

Deschappelles? Il agonise, ou à peu près.

Saint-Amand? Il s'apprête à s'embarquer pour
l'Amérique, d où ses nouvelles vont bientôt
manquer.

Qu'importe? Des noms à écrire, des souvenirs
à noter de la plus belle encre, quand on pénètre
dans le royaume des joueurs d'échecs.

Le café de la Régence actuel se divise en
quatre parties : sa terrasse, où, échappés de
quelque hôtel voisin, arrivent s'asseoir ces Anglais et ces Anglaises, fils ou filles de ceux qui se
groupaient autour du poêle, place du Palais-
Royal, pour voir *Monsieur* de Musset; la salle de
gauche, où l'on ne fume pas à toute heure, et où
la chevelure de neige des joueurs de domino
ordinaires fait paraître noir le double-blanc; la

7

salle de droite, celle du comptoir, où des gens
paisibles bataillent, à coups de petites pièces de
bois, pendant l'après-midi, un cercle de curieux
debout autour des tables ; puis, la salle du fond,
celle du billard...

Momento ! comme disent les Italiens. Halte-là
et un moment ! S'il est six heures du soir, je vous
engage à ne vous y présenter qu'avec un habitué
de l'endroit, à moins de vous exposer à être regardé comme le dernier des intrus. Il est vrai
qu'on ne fera peut-être nulle attention à vous.
Un jour, un omnibus versa dans la devanture du
café; tout le quartier en tressauta... Seuls, les
joueurs de cette salle n'avaient pas bougé.

C'est à six heures, seulement, qu'on y donne
les jeux d'échecs ; mais, alors, c'est le sanctuaire. Toutes les tables sont, en quelque sorte,
retenues, depuis celle où est incrusté le nom de
Bonaparte, qui s'y accoudait, l'échiquier sous les
yeux et sous la main, avant son consulat, jusqu'à la plus obscure d'un des quatre coins.

M. de Rosenthal, le Polonais, qui jouerait avec
bonheur, au czar, l'indépendance de sa patrie,
apparaît là comme un maître qui, dans les tour-
nois internationaux, a chargé la France de signer
ses bulletins de victoires.

Voici M. Baucher, le fils du célèbre professeur d'équitation, et le plus fort de nos cavaliers français sur l'échiquier. Il entre, causant avec M. Seguin.

Qui est celui-ci? Vous l'avez vu, aujourd'hui ou hier, à l'hôtel Drouot : M. Chaseray, commissaire-priseur par métier, et joueur d'échecs par goût.

Et cet autre? Vous l'avez sans doute rencontré tout à l'heure à l'Exposition : le sculpteur Lequesne.

M. Lahure, l'imprimeur de la rue de Fleurus, arrive à son tour.

Puis, je n'ai pas besoin de vous présenter Maubant, Joliet, du Théâtre-Français.

Et cette tête que le sang allume par endroits, sur un corps ramassé? Vous le connaissez, je suppose, depuis le succès de la *Fille de Roland?* Vous y mettez, sans que je vous le dise, le nom de M. Henri de Bornier. Un bon point à M. de Bornier; ce sont les habitués de la Régence qui le lui accordent : il fait, aux échecs, les plus rapides progrès.

La Régence a, de tout temps, été comme la buvette de la Comédie-Française. Il y a une dizaine d'années encore, on y voyait presque à

chaque heure, un vieillard toujours droit, fortement charpenté, — tête anguleuse, mais de la
physionomie, et de l'œil. C'était Provost, l'excellent Provost, qu'on aimait tant à entendre dans
les pièces de Molière. Aujourd'hui, derrière Maubant et Joliet se tiennent, comme spectateurs
plutôt que comme acteurs des parties engagées,
Dupont-Vernon et Mounet-le-Chevelu, dont les
yeux forgent si naturellement des éclairs, et à
tout propos, qu'on craint de voir flamber à son
regard les pièces de l'échiquier. Thiron et Garaud
complètent le groupe.

De temps en temps, quelqu'un demande si la
santé de M. Grévy ne souffre pas trop de son
éloignement de la Régence, car le président de
l'Assemblée est un ardent stratégiste de l'échiquier.

Il n'est point de passionnés absolument fidèles,
quelle que soit la passion. Aussi surprend-on,
parfois, plus d'un joueur d'échecs passant au
whist ou au *rubicon;* M. Baucher tout le premier.
M. Lahure suit son exemple. Je vous signale, à
ces tables de cartes, si c'est l'époque d'un de ses
voyages à Paris, un assidu et un fervent : M. de
la Noue, le gendre de feu le ministre d'État Bil-
lault, qui, lui, changeait si bien de jeu politique,
quand le Rubicon était passé.

Pendant que les cavaliers exécutent assez silencieusement leurs évolutions sur l'échiquier, les dés mènent grand tapage dans la boîte de trictrac. M. Coulon, un ancien officier, y plante autant de drapeaux qu'il peut; M. Royer, neveu de Garnier-Pagès, ne se tient pas pour battu; M. Darode de Failly attaque le poete Vignon qui, pour le moment, est descendu du *Pays bleu* (titre d'un petit volume de ses poésies), et dont rien ne trouble la sûreté des coups.

Ignorez-vous quels sont ces visiteurs, que les joueurs regardent entrer, sans trop s'émouvoir?

Des « honorables », s'il vous plaît, et des Excellences; des députés et des sénateurs : M. Bethmont et M. Félix Dupin; M. Audren de Kerdrel et... Mais il ne manquerait plus que je vous nommasse celui-ci, comme si, de Versailles à Paris, et de Paris à Auch, tout le monde ne connaissait pas ce colosse à pas d'éléphant.

Je n'ai jamais vu M. Batbie faire manœuvrer les « fous » des échecs à une table de la Régence. C'est d'une modestie qu'il a été coupable de ne pas montrer partout, et qu'il faudrait encore lui conseiller ailleurs.

Le café de la rue Saint-Honoré, dont le nom est répandu dans les deux mondes, appartient à

7.

la famille Catelain. Mais, comme les propriétaires
ont d'autres endroits à gouverner, la Régence...
a un régent.

J'ai déjà cité le Café Manoury, au sujet de
Piron, qui, malgré sa robuste nature, n'en sortait
pas toujours solide, quand il s'était, d'abord,
arrêté au cabaret.

Nous pouvons, en quittant la Régence, pousser
jusqu'au quai du Louvre, au coin de la place de
l'École. Là est *Manoury*.

Manoury ? Ce nom ferait évidemment ouvrir
leurs plus grandes oreilles aux « gommeux » et
aux « crevettes » du boulevard.

— Qu'est cela, par sainte Lorette? s'écrieraient-
ils, dans un chœur de voix fausses. Et de quoi
nous parle-t-on ?

Il est sûr que ce troupeau badin, qui n'a jamais
traversé le Pont-Neuf que pour aller à la Closerie
des lilas, n'a point remarqué, au passage, le café
Manoury; il est évident, à l'aspect seul de l'établissement, que, l'eût-il aperçu, il n'y serait pas entré.

Manoury garde l'air sérieux de l'ancien café
qui a, lui aussi, des traditions, et qui n'entend
pas être « galvaudé » par les premiers passants
en folle humeur. Il les renvoie à ses voisines,
les prunes de la mère Moreaux.

Ces tables, de marbre noir épais, semblent conter qu'elles ont été faites pour les batailles ardentes du domino. Ses salons de glaces ne sont pas de ce temps. Et son comptoir d'acajou, avec ses colonnettes à chapiteaux de cuivre, en hémicycle, une glace au fond? Trouvez donc le pareil dans nos cafés contemporains!

Eh bien, je l'avoue, ce comptoir est charmant à mes yeux, parce qu'il me repose d'un luxe massif et faux ; ces deux salons de glaces me sont agréables, parce qu'ils ont ce que j'appellerai des reflets de bonne maison.

Au reste, n'allez pas croire que la bonne humeur et même le large rire soient bannis du café Manoury. Si la littérature en a oublié le chemin, la basoche le connaît : c'est celui qui la mène au Palais-de-Justice.

Allez au café Manoury, vers midi. Sur les tables qui font face au comptoir, sur celles du petit salon du fond, les verres étincellent sur les serviettes damassées, éblouissantes de blancheur.

Quels grands seigneurs attend-on?

Ne plaisantez pas ! On attend nos maîtres dans les affaires de la vie : les avocats et les avoués, habitués de l'endroit.

Ces gourmets déjeunent au vin blanc. Il y pa-

raît à leur appétit. Quelles fourchettes que ces
avoués ! Et les avocats ne leur cèdent guère. Je
ne sais si ces gens ont quelque chose sur la
conscience, mais, à coup sûr, cela ne leur tombe
pas sur l'estomac.

M° Gatineau manque à la bande réjouie, depuis
quelque temps. M° Gatineau est député aujour-
d'hui. Ah ! dame ! on ne devient pas homme politique sans rien sacrifier : même les filets aux
pommes de Manoury.

Si vous passez par là, un de ces jours d'été,
vous verrez des nuques blanches ou dépouillées,
à toutes les fenêtres de l'estaminet, à l'entresol.
On vous dira que ce sont de vieux négociants du
quartier qui prennent, à heure fixe, leur tasse de
thé ou de café.

Vieux ! Je le crois bien. Même, j'ai toujours
idée qu'on les reconnaîtrait pour de bons bourgeois
contemporains de Piron, qui ne sont jamais
morts. Le café Manoury est de ceux qui conser-
vent. Combien pourraient en dire autant ?

VIII

CAFÉ DE MULHOUSE.

Ah ! les vieux cafés du domino qui, lui aussi, a
été roi ! Presque autant de gloires pâlies, de soleils couchés derrière l'horizon ! Où règne le domino aujourd'hui, mais exclusivement, tyranni-
quement, n'admettant pas auprès de lui de
puissance rivale, et demandant d'être honoré et
pratiqué dans un silence religieux ?

Où ? Peut-être dans quelque discret endroit du
Marais, dont les rideaux blancs tombent, à moitié
tirés, sur les vitres, comme ceux d'une chapelle.
Cet endroit, que je le voudrais connaître ! J'irais,
dès ce soir, me faisant petit, tout petit, jurant de
retenir mon souffle, s'il devait empêcher de passer le double-six. Je laisse à d'autres la vénération des pêcheurs à la ligne ; moi, j'ai le respect
des joueurs de domino.

Domino, dont le bruit coupe court aux rêveries

amollissantes, et qui arrives, toi aussi, sur un champ de bataille, — dé par dé, calculant les coups, ménageant tes surprises, doux et terrible tour à tour, je te dois au moins cette ode en prose familière !

Domino consolateur, je t'ai vu sauver un homme qui allait se pendre, et qui a tout avoué. La corde était déjà solidement nouée au clou de sa chambre. Il paraît que le sort lui en voulait, au jeu, et ailleurs...

Sur un dernier coup de partie, il a quatre « doubles » en main. Quatre doubles! Il hésitait, moins que jamais, à en finir avec les stupidités du hasard.

Mais le hasard n'est pas toujours si mauvais diable qu'on pense. Les quatre doubles ont été placés comme par enchantement, la partie gagnée, et notre homme s'est fait justement cette réflexion :

— Décidément la « veine » a changé ? Il serait par trop bête de me pendre ce soir.

Et, rentré chez lui, il arracha le clou, mit la ficelle roulée dans sa poche pour lui porter bonheur...

Il a, aujourd'hui, une vingtaine de mille livres de rentes, des successions de famille imprévues lui étant échues coup sur coup.

Domino, tu es le seul despote capable d'un tel bienfait : je te salue !

C'est au boulevard que vous trouverez surtout le domino en honneur, et particulièrement au Café de Mulhouse.

Vous connaissez *Mulhouse :* entrée par le boulevard Montmartre, qui vous conduit au jardin, si agréable en été, et dont une partie couverte met à l'abri des pluies d'orage ; entrée par le passage Jouffroy, et l'on arrive tout droit, alors, dans la salle du comptoir. Une autre s'ouvre, sur notre gauche : la salle des billards.

Quoique très-fréquenté, c'est calme, discret : Mulhouse est comme un *buen-retiro,* parmi les cafés du boulevard.

Au reste, celui-ci ne date pas d'hier. Les déjeuners y sont à la mode, dans le monde du journalisme et de la bourse, depuis plus de vingt ans.

Parbleu ! je le crois bien… Il y a plus de vingt ans qu'un habitué à moustaches et à barbiche militaires s'y asseyait, un matin, mécontent, grommelant, comme au jour d'échéance ou de paiement forcé, qui vous écrase des charges plutôt que des bénéfices d'une affaire.

C'était Dollingen, qui venait de fonder le *Figaro,* avec Villemessant.

Et justement, celui-ci arrive, plus mince, plus leste, plus ardent qu'on ne le voit aujourd'hui. Il s'aperçoit, au premier coup d'œil, — car il a toujours eu le coup d'œil, — de la mauvaise humeur de son associé.

— Eh bien ! qu'y a-t-il ?

— Il y a... que ça ne va pas ! répondait Dollingen de sa voix la plus grincheuse et de son air le plus rébarbatif.

— Ça ne va pas ? répliquait Villemessant gouailleur, de sa voix d'enrhumé perpétuel. Vous en êtes sûr ?

— Si sûr, reprenait Dollingen que je céderais ma part...

— Pour un plat de lentilles, comme Ésau son droit d'aînesse... Soit ! ajouta Villemessant ; il y a des témoins ici. Je ferai mieux : je vous donne deux louis, et je paye le déjeuner. Est-ce convenu ! Il faut en finir ?

Cet audacieux, qui n'a pas perdu son audace, en prenant du ventre, — cet empereur du *Figaro*, que plusieurs échauffourées n'avaient pas refroidi, et qui croyait à son étoile, comme Napoléon III, avait le ton bref, pressant, cassant... Les deux pièces d'or étaient sur la table.

L'association fut rompue au prix de deux louis
et un déjeuner.

On sait la fortune qui, avec le concours de certains talents, a bientôt tiré ce journal, littéraire
alors, des premières difficultés.

Le *Figaro* montait, montait toujours, et Dollingen baissait le nez. Il n'avait plus qu'une idée, cet
Ésaü d'une spéculation : se rattraper. Et avec
qui ? Avec l'homme heureux, parmi les heureux,
avec celui qui lui avait fait abdiquer son droit, sur
une table du Café de Mulhouse, à si bon marché.

Et, dès que le hardi Villemessant, dans la
suite, entreprenait quelque chose, Dollingen était
là, sa caisse avec lui. Il ne dormait plus, de peur
que son ancien associé ne travaillât quelque projet sans sa collaboration et... ses fonds. Ah ! le
déjeuner du café de Mulhouse lui eût coûté cher,
si le *Grand Journal* ne l'avait un peu remboursé !

Après la débandade des Variétés, Jules Noriac,
leur ancien habitué, avait traversé le boulevard et
était allé se réfugier à Mulhouse.

Émile Hémery l'avait suivi ; Hémery, un grand
garçon, la cigarette entre les dents, qui était
comme une enseigne, à toute heure, du Café des
Variétés.

— Tu ne connais pas Hémery? me disait un
jour Roger de Beauvoir en me le présentant.
Mais c'est un poete, c'est lui qui a fait ces fameux
vers :

> Tyran, penché sur ton échasse,
> Si le sang que tu fis verser
> Pouvait tenir dans cette place,
> Tu le boirais sans te baisser !

— Toujours le même, murmura en souriant le
grand fumeur de cigarettes, qui a, depuis, a ce
qu'on m'assure, si bien versé dans le bonapartisme, qu'il n'eût peut-être pas été fort aise, dès ce
temps, de passer pour l'auteur de ce quatrain...
de la Restauration.

— Mais alors, me demandez-vous, qui est cet
Hémery ?

Ignoreriez-vous toutes vos gloires? C'est l'auteur du... *Chapeau de la Marguerite*, cette grivoiserie que tous les petits Savoyards ont nasillée
dans les cours, et dont l'air a fait frémir les cor-
des de toutes les harpes vagabondes.

Et maintenant, si vous n'êtes pas contents,
vous êtes difficiles. Je voudrais savoir pourtant ce
que pense de cette musique Arthur Pougin, qui,
tous les soirs, fume, de cinq à sept heures, une
pipe plus longue que lui, à côté du *parolier*, aussi

populaire que d'autres, de la décadence de notre
Bas-Empire.

Georges Maillard, chroniqueur du *Pays*, le
blond bien peigné, qui ferait honneur à un artiste en chevelure et en moustaches relevées au
coup de fer, s'il n'était son coiffeur à lui-même,
ne s'inquiète pas de si peu. Il veut rester jeune,
en visant à l'élégance (regardez-le trôner plutôt
sur cette chaise de café!), et il songe peut-être
que le jour où Paul de Cassagnac deviendrait un
Baciocchi, il ferait, lui, un joli chambellan.

Quant à Jules Noriac, il bataille au domino
avec Jaime, le fidèle et le constant de l'endroit
(une constance, c'est déjà beaucoup pour certains fantaisistes) en savourant, avec son cigare,
le sujet de quelque nouvelle *Timbale*.

Si, de la salle du comptoir, nous passons dans
l'autre, nous ne nous trouvons pas seulement en
face de joueurs de billard, tenant majestueuse-
ment la queue à la main, comme un sceptre, pendant que les adversaires essaient un effet, ou me-
surent de l'œil un coup de bande. Non; tout
autour, voyez : ce sont les joueurs de bezigue.
Le bezigue, dédaigné ailleurs comme un jeu de
femmes oisives est cultivé à Mulhouse, même par
des gens d'esprit.

A mesure que les cartes se lèvent, heureuses, inespérées, préparant la victoire des « deux cent cinquante » ou même le triomphe du « cinq cents », on entend des fredonnements révélateurs ; et tel ou tel vaudevilliste semble chantonner, avec variante, sur un air d'Offenbach :

Allons ! le vermouth m'inspire !
Allons ! le bézigue est roi !

Et le domino ne proteste pas ! Et les dés même glissent sur les tables, plutôt qu'ils ne s'y abattent !

Ce demi-silence est un des charmes du Café de Mulhouse. On pourrait, si l'on avait cette monomanie, lire tout du long un feuilleton de Montépin, non-seulement sans y perdre, mais en y retrouvant, à sa place, le fil de la narration.

Et ce ne serait pas le moins étonnant des miracles de ce temps-ci !

Mulhouse a eu, passagèrement, une physionomie que je ne saurais oublier. C'est de l'histoire contemporaine.

· Voilà quatre ans, on devenait rêveur en voyant tous les visages et même tous les manteaux espagnols qui se glissaient là, par le passage, ou encore par l'entrée du boulevard. On eût cru qu'il y avait, dans le calme du café, comme un air de conspiration.

Mais le temps de conspirer était passé pour ces sombreros qui avaient remplacé les panaches militaires. C'étaient les anciens officiers de l'ex-roi Amédée, qui avait donné aux porte-couronnes une leçon de sagesse et d'humanité ; au lieu d'essayer de défendre la sienne à coups de fusil, il était tranquillement retourné en Italie, quand il avait sérieusement reconnu que l'Espagne ne voulait pas de lui.

Les cafés de Paris, certains d'entre eux, au moins, ont leur côté politique assez palpitant : ici, les vaincus d'hier, là les vainqueurs de demain.

Les Espagnols d'Amédée se réfugient au Café de Mulhouse ; mais « la Jeune Turquie », celle qui enlèvera du trône Abd-ul-Aziz, est partie, la veille, du Café Soufflet, boulevard Saint-Michel, d'où elle est sortie presque entière.

—C'est à ce point, me disait plaisamment quelqu'un qui a été fort mêlé à ce groupe, que je m'attendais toujours, en ces derniers temps, à voir le nom de Soufflet-Pacha.

J'en reparlerai bientôt.

8.

IX

CAFÉ DE LA PORTE-MONTMARTRE.

Le domino me conduit à la Porte-Montmartre,
— juste le temps de couper la chaussée en dia-
gonale, — où je le vois jouer par des amateurs
à heures fixes, dans l'après-midi.

Un matin de 1859, je déjeunais dans un café-
restaurant du faubourg Saint-Germain, avec un
des gourmets et des sous-chefs de division les plus
fins des ministères. Dans ces grands hôtels, qui
sentent l'encre fraîche et le papier moisi, végè-
tent quelques esprits aimables, et s'engraissent
beaucoup de ventres complaisants.

— Allons, dit-il, tout à coup, en donnant un
coup de fourchette, moitié dédaigneux, moitié
irrité, dans son assiette, — il n'y a, décidément,
qu'à la Porte-Montmartre qu'on mange une vraie
omelette aux rognons !

Et, comme je le regardais trier et hacher le
morceau qu'il avait devant lui :

— Oui, ajouta-t-il, — et je vous le veux prouver, dès demain!

C'est ainsi que j'ai fait sérieusement connaissance avec le *Café de la Porte-Montmartre*, où
je m'étais à peine assis jusque-là.

Je déclare qu'il me présenta, au premier coup
d'œil, une collection d'estomacs solides, autant
que de boutonnières enrubannées. Aux saluts qui
accueillaient mon introducteur, je pouvais compter qu'un certain nombre de chefs ou sous-chefs
de divisions ou de bureaux négligeaient, à cette
heure-là, de triturer les affaires ministérielles,
pour mastiquer l'omelette aux rognons.

Celle qu'on nous servit était, du reste, exquise,
et Monselet, à ma place, eût évidemment pré-
paré quelques-uns de ces vers qu'il cuisine si
bien, d'après les plats de son goût.

Tout ce monde savourait le sien, silencieusement, la fourchette d'une main, une feuille du
matin de l'autre. — C'était en pleins jours de la
campagne d'Italie : d'autres inquiétudes se mêlaient, au réveil, à celles de l'estomac.

— Tiens, dit un de nos voisins, il y a un journal qui va être poursuivi pour fausse nouvelle.

— Pour fausse nouvelle? répondit mon ami le
sous-chef, qui n'était rien moins que bonapar-

tiste. Ce doit être, alors, le *Moniteur officiel*.

Je pensais, en me pourléchant, qu'il allait mettre à feu, par ce mot, toutes les rouges boutonnières qui nous entouraient. Mais point. Un sourire plissa même plus d'un coin de bouche, qui, pour expliquer prudemment cette grimace, saisit un bord de verre ou de demi-tasse.

— Nous ne sommes pas seuls, chuchota le voisin, en se penchant vers nous. Regardez au fond !

Et, de l'œil, il désignait, à l'angle du divan, du côté de la rue Montmartre, une tête pâle, aux favoris en côtelettes, — celle, sans doute, d'un des honorables substituts de cette époque, lequel mangeait sévèrement des œufs sur le plat.

— Et quand ce serait le ministre, — répliqua mon diable de sous-chef, — croyez-vous que ça l'étonnerait ?

A peu près à dix ans de là, je rencontrais, un matin, sur le boulevard, un député plus gourmand encore que bonapartiste, car, au 4 Septembre, à la nouvelle de la catastrophe de Sedan et de la chute imminente de Napoléon III, il lâcha plus facilement l'Empire que le filet aux pommes, auquel il était attelé de la fourchette et du couteau.

Il voulait m'emmener au café Riche ; je l'entraînai à la Porte-Montmartre, dont les omelettes aux rognons parfumaient mon souvenir.

— Eh !... me fit-il observer malicieusement, en attaquant, avec la cuiller, celle que nous avions demandée, — on prétend que l'Empire tourne à l'omelette ; il en est, vous voyez, d'assez solides.

— C'est vrai, répondis-je ; mais il y a des rognons.

J'avoue que ce parfait sceptique, qui a tourné depuis à l'orléanisme, ne m'en a point voulu de la réplique. Il s'en est même tiré assez lestement, la première fois que je l'ai rencontré, après la déchéance de l'Empire, proclamée par l'Assemblée de Bordeaux.

— Vous aviez raison, mon cher, me dit-il en souriant : pas assez de rognons !

Je crois que la tradition de cette omelette est un peu perdue au Café de la Porte-Montmartre, quoique les habitués du déjeuner y encombrent, de bonne heure, toutes les tables. En se renouvelant, la clientèle n'a pas diminué. Seulement « le plat du jour », tout prêt et tout fumant, met le caprice à la raison.

Mais, bien avant la nappe mise, la Porte-Montmartre a ses fidèles. Si vous avez, par hasard, l'occasion de passer là, entre six heures et demie et sept heures du matin, regardez ce promeneur, qui fait sentinelle sur ce bout de trottoir du boulevard Montmartre.

Il consulte sa montre, il est inquiet. Ne dirait-on pas que le second témoin et leur client, à tous les deux, sont en retard pour prendre la voiture, qui les conduira au bois de Vincennes, ou au chemin de fer du Nord ?

Continuez en paix votre route : il n'attend que l'ouverture du café. Les volets à peine tirés, la porte entrebâillée, et il est dedans, à l'affût de tous les journaux qui arrivent. Pas un mot pendant le dépouillement de ces feuilles, dont une avalanche ne l'effrayerait pas.

A huit heures, quatre syllabes éclatent, — quatre, pas une de plus.

—... Rçon ! (il ne dit même pas garçon) un café !

Et, le café pris, il s'en va. On ne le revoit qu'à cinq heures du soir. Il s'assied ; il appelle, mais le nombre de syllabes ne varie pas :

— ... Rçon ! absinthe !

Puis, au revoir ! jusqu'au lendemain matin. En somme, il a encore dépensé plus de syllabes que de consommations.

Un autre original. Celui-ci arrive à l'heure du

déjeuner, mais il apporte régulièrement son petit
pain.

Il me rappelle un vieux marquis, — vieux garçon, — lequel allait dîner, tous les jours, chez
Véfour ou chez Véry. On le rencontrait, à six
heures, dans la galerie Montpensier, suivi d'un
valet de chambre, qui portait un panier de vin.

— Comment, monsieur le marquis, lui disait-
on, vous ne buvez pas le vin des caves de Véry et
de Véfour?

— Jamais! répondait-il d'un ton sec. Je ne veux
pas que ces coquins m'empoisonnent.

Le vieux marquis avait ses crus préférés et
choisis. Quelle boulangerie spéciale peut bien être
honorée de la confiance du bourgeois de la Porte-
Montmartre?

Ce café a vu les derniers jours de splendeur de
Timothée Trimm, qui y descendait de voiture,
vers midi, chargé de papiers, comme un ancien
procureur.

Il avait encore les chaînes de montre étalées sur
le velours du gilet, les fraîches cravates sanguino-
lentes, dont les bouts échappaient au col blanc
de la chemise, et toutes ces élégances éclatantes
de mauvais goût, où il essayait de parader jusqu'à
la fin.

Timothée avait assez large crédit à la Porte-Montmartre, comme partout. Un jour, après déjeuner, on lui présenta l'addition totale.

— Très-bien, dit-il de cette petite voix en fausset aigu que tout le boulevard connaissait : voici cinq francs sur mon déjeuner ; vous ajouterez le reste à ma note.

Le lendemain, les jours suivants, d'autres jours encore, Timothée Trimm s'approchait régulièrement de la dame du comptoir, et lui disait, avec son sourire de vieille chatte :

— Madame, voici mes cinq francs !

Peu importait la dépense du déjeuner.

Un matin, l'estomac chargé encore du dîner copieux de la veille, ou mal disposé, il ne prend qu'un café au lait. Un confrère, un journaliste de son monde, était justement assis à côté de lui.

— Garçon, demanda t-il, combien dois-je ?

— Un franc cinquante, monsieur.

— Tenez, prenez cinq francs !

— Et l'on dira, ajouta Timothée triomphalement, en se tournant vers son voisin, — et l'on dira que je ne paie pas mes dettes !

Lorsque, Gambetta parti du café de Madrid, Spuller s'en éloigna, à son tour, il fréquentait la Porte-Montmartre, qui convient particulière-

ment aux gens qu'on accuserait de n'être pas
sérieux ailleurs. « La fô-o-o-rme ! » disait l'ancien
Bridoison. « La te-e-nue ! » dirent les nouveaux.
Et M. Spuller n'en a jamais manqué.

C'est, je crois, le seul café du boulevard, où
une vagabonde ne se repose jamais. Une femme,
au bras d'un homme, n'y entre que par hasard :
encore peut-on parier que c'est une honnête
bourgeoise de Paris, ou une provinciale. La terrasse même a son monde trié.

Comment ? Pourquoi ? Habitude des uns, flair
des autres, tradition de boulevard, puisque nous
avons déjà vu que le boulevard lui-même, ce grand
passage de la vie mêlée de toute une capitale,
c'est-à-dire de toute l'Europe, a ses traditions.

M. Ulysse Parent est, entre cinq et six heures,
un habitué de la terrasse. Le député Ordinaire
déjeune souvent à la Porte-Montmartre ; son col-
lègue, M. Pascal Duprat, est un des réguliers.
M. Aron, le rédacteur en chef du *Journal officiel*,
en était naguère un client assidu, et, bien que sa
nouvelle grandeur l'attache, les trois quarts de
la journée, au rivage du quai Voltaire, il ne dédaigne pas de reparaître à la table du café, où il
a toujours compté beaucoup d'amis.

Quelqu'un qui m'a fort intrigué, au commencement de l'avant-dernier hiver, quand, le soir, en passant, je donnais un coup d'œil à la salle, c'est Adrien Huart.

Que faisait le bon Huart, traçant, avec un crayon, des lignes de dessin, — et non d'écriture, sur le papier ? Ce rédacteur du *Charivari* travaillait-il à remplacer Cham, au besoin ?

Mystère, dont il fallait aller chercher le mot jusqu'au fond du salon, — d'un pied léger, de peur d'éveiller l'attention de ce dessinateur sournois... Et je m'y décidai.

Huart esquissait des bastions, des lunes et des demi-lunes ! C'était à faire trembler ! Est-ce que le doux Adrien, devenu tout à coup féroce, s'apprêtait à partir en guerre, sans en souffler mot à personne ? Rassurez-vous : il n'est que de la *territoriale*, mais, en ses moments même de loisir, il préparait son examen d'officier. Et nous avons le lieutenant Huart, aujourd'hui.

C'est Poyé, le propriétaire actuel des Variétés, qui a passé à son neveu le Café de la Porte-Montmartre.

Quel affreux sceptique disait donc, l'autre jour encore, que les oncles ne servent plus à rien ?

X

CAFÉ SOUFFLET.

Ce *Café Soufflet* de « la Jeune Turquie », dont j'ai dit un mot à la fin de mes souvenirs du café Mulhouse, a excité, sans doute, quelque curiosité. Voilà qui me jette de nouveau sur l'autre rive, et me fait passer du boulevard Montmartre au boulevard Saint-Michel.

Le Café Soufflet est aussi neuf que le boulevard et la rue des Écoles, dont il fait l'angle. Le nom qu'il porte est plus ancien : il y avait, avant la transformation de ce quartier, un hôtel Soufflet peuplé d'étudiants, rue de l'École-de-Médecine ; et ses locataires d'alors, dont un certain nombre, par bonheur, ont seulement vingt-huit ans sur la tête, au lieu de cinq pieds de terre sur le corps, se souviennent que c'est à sa porte qu'a été tiré le premier coup de fusil des journées de juin 48.

Le café actuel, quoique très-vivant, est, je crois,

9.

ce qu'on appelle « le plus comme il faut » de cette ligne du boulevard Saint-Michel. Des étudiants, on en voità toute heure, mais assez calmes, ne troublant pas le lecteur de la *Revue des Deux Mondes* après déjeuner, et laissant, avant dîner, les vieux du *Monde* ou les monomanes de l'*Univers* jouir en paix de Coquille ou savourer Veuillot.

Les plus bruyants montent à l'entresol, où les polytechniciens en jours de sortie se livrent aux *quatre bandes* et aux *effets rétro* du billard. Fréquenter le rez-de-chaussée du Café Soufflet équivaut à avoir en poche un certificat d'homme sérieux, — je dirai presque méditatif.

C'est là que nous trouvons, en 1869, Kemal-Bey, — un journaliste, un écrivain, qui, rasant impitoyablement les fleurs surannées du mamamouchi, du langage de Prudhomme turc, a apporté une propriété de termes et une netteté singulières à la langue de son pays. Cela frappe dans les traductions fidèles que mon gracieux et très-compétent confrère, Cahun, me mettait, l'autre jour encore, sous les yeux.

Kemal-Bey publiait deux journaux, qui paraissaient à Paris, journaux autographiés qui, d'ici, partaient pour Constantinople, et se répandaient un peu dans tout l'empire ottoman : *Hurryiete* (*la Liberté*), et *Ittihad* (*l'Égalité*). Tous les deux, écrits en quatre langues : en turc, en arménien, en grec, en arabe.

Dans la révolution récente, conduite par les *Softas*, Kemal-Bey a eu, certainement, son rôle à Constantinople, et, à travers tout, cet Albanais le tiendra.

Jusqu'après la Commune, on a pu voir, au Café Soufflet, Mehemed-Bey.

Un autre type, celui-là. Le type du conspirateur, dont la tête n'était jamais assurée sur les épaules, et qui était toujours à la veille de la fuite, de l'exil ou de la déportation.

C'est ainsi qu'il est arrivé à Paris, au lendemain de ses fiançailles, et le mariage complet tranché... par une condamnation à mort. Mehemed en avait gardé la plus profonde amertume, et, aussi, — lui, l'homme du pays des harems ! — la plus solide fidélité à la jeune fille qu'il avait dû laisser, là-bas, sur la rive du Bosphore. Cet homme curieux, à plus d'un titre, à qui un flacon de cognac faisait aisément oublier la loi du Koran, n'a jamais perdu le souvenir de l'amour absent ; et il a passé, chaste, inattaquable, ce qui est mieux qu'invincible, à travers tout le harem du quartier Latin.

Au 4 Septembre, Mehemed-Bey était à Liége. Il était assez riche pour voyager à son gré. On le voit alors revenir au boulevard Saint-Michel.

— Repartez, lui dit-on ; Paris va être fermé.

— Raison de plus, répondit-il ; je reste à Paris.

Et il n'a plus de repos qu'il ne trouve moyen d'entrer dans la garde nationale du siége.

La chose était difficile, même à cette époque, où l'on avait besoin de tous les concours. Armer un Turc ! Cela jurait avec toutes les coutumes, autant qu'avec la loi.

Notre confrère Cahun, qui avait connu beaucoup la Jeune Turquie, à Constantinople, et qui en fréquentait le groupe au Café Soufflet, compatit à sa peine. Cahun avait, sous ses ordres, une tribu parisienne qui n'en respecte guère, et qu'on a nommée plus d'une fois la tribu des « Beni-Mouffetard. »

Ah ! les redoutables et les terribles, — les indisciplinés et les révoltés ! De quelle façon ? Il n'importe ! Là bout toujours un monde qui est tombé au ruisseau, ou qui en jaillit comme de sa source. Il a, aux heures où il peut sortir de ses bauges, la hotte aux épaules, le crochet à la main, le fumier sans cesse sous les yeux. Les lis, qui ne sont pas dégoûtés, — car ils poussent sur

les ordures où le coq cherche aussi des perles,
— ne sauraient épanouir leur blancheur en ce
milieu faubourien. La vertu patriotique elle-même
était un peu mêlée, en ce temps, au quartier
Mouffetard, — comme le cassis des marchands
de vin.

Mehemed-Bey ne fut pas moins heureux d'a-
voir sa place dans la résistance parisienne, et les
gens au milieu desquels il arrivait ne l'effarou-
chèrent pas. D'autre part, il les conquit rapidement.

Mehemed-Bey devint très-populaire parmi les
Beni-Mouffetard, qui l'appelaient Mahomet avec
un entrain et un ensemble merveilleux. Le sous-
lieutenant Boulot, ou Poulot, — ex-chiffonnier,
— lui disait devant le comptoir de zinc :

— Mon petit Mahomet, ton Mahomet ne sera
pas content de toi. Mahomet, tu seras *poivrot!*

Le Turc souriait à peine dans sa moustache. Il
vidait son verre, et continuait à marcher, pensif,
la tête inclinée sur la poitrine, les mains derrière
le dos. Il eût couché, ivre morte, toute la tribu
Mouffetard sur la paille du cabaret, sans être plus
ému.

A la fin de 1871, Mehemed bénéficia d'une
amnistie. Mais, à Constantinople, on le trouvait

trop près du gouvernement, et on lui assigna
pour résidence, je ne sais quelle île, d'où il est revenu, en ces derniers temps.

Nous avons vu, ces jours-ci, Mehemed-Bey
signer, comme directeur général de la presse.
Son ambition eût pu viser plus haut; il s'est con-
tenté des fonctions qu'il remplit, et qu'il peut
remplir autant que personne, car, lui aussi écrivait, même dans cette langue française que tous
ses compatriotes ne réussissent pas à apprendre, et
qu'il parle mieux que couramment: correctement.

Et Tahsyn? Tahsyn, qui se partageait entre le
Café Soufflet et le Café Tabourey, — où je l'ai
manqué, — comment n'aurait-il pas ici une des
premières places?

C'était un uléma, s'il vous plaît; mais le prêtre
turc avait tourné au matérialisme absolu.

Il avait été exilé par Fuad-Pacha, et il en était,
comme vous pensez, l'ennemi le plus ardent. Mais
la destinée est une grande moqueuse, et nous l'allons voir.

Fuad tombe malade ; il est obligé de quitter
Constantinople pour demander un renfort de santé
au climat de Nice. Malheureusement, ce climat
est trompeur et ne donne pas toujours ce qu'on
réclame de lui.

Fuad-Pacha meurt au bord de la Méditerranée.

La chose était déjà sérieuse; honorer son cadavre des cérémonies funèbres dictées par le Koran était aussi une grave question. Nice a beaucoup d'étrangers, beaucoup d'hommes d'État malades, ou disponibles, beaucoup de médecins, qui s'abattent là, comme les corbeaux flairant la mort ; mais Nice n'a pas un *uléma*.

Heureusement que Paris avait Tahsyn, qui est, alors, enlevé à ses journaux, à ses revues, à ses livres et au Café Soufflet, pour aller ensevelir, selon le rite turc, ce Fuad-Pacha qui l'avait chassé de Turquie, et qui, de sa vie, ne lui eût point pardonné non plus.

N'est-ce pas que cela paraîtrait le sujet d'un joli conte de Voltaire? Et c'est de l'histoire, — tout simplement.

Je gage que l'uléma Tahsyn n'a pas été inactif dans les événements derniers.

On parle souvent de la séparation, faite impitoyablement par les Turcs, entre le mahométan et le chrétien.

Azarian n'en était point un exemple. Les Turcs entretenaient ce jeune chrétien d'Arménie, qui était élève à l'École des mines.

Il semblait qu'Azarian eût déjà passé par une

école de « mimes », car il avait le plus joyeux
talent d'imitation. Joyeux ? Pas pour tout le
monde. On se souvient, au Café Soufflet, des
colères où il mettait ce pauvre borgne, le poète
arabe Khaïaly, remorqué par la bande turque, et
qui a composé sur le champagne le plus joli quatrain que ce vin, gâté par tant de chansons, ait
inspiré.

Azarian était, récemment, secrétaire du grand-
vizir. S'il est une « jeune Turquie », rompant
avec les vieux préjugés, celui-là a plus d'une
raison pour marcher à sa tête.

Une anecdote, au moins, me rappellerait
Réchad et Ali-Bey, si, parmi ces figures du Café
Soufflet, je risquais de les oublier.

Presque tous ces Turcs étaient dans le mouvement qui menaçait d'emporter Napoléon III et
la bande impériale. La fougue de Flourens les
enthousiasmait, et voir Flourens était particulièrement le désir de Réchad. On lui proposait de
le rencontrer, le lendemain, chez Michelet, où
Réchad et ses amis seraient présentés.

Ali-Bey, — un Crétois, je dois le noter, — eut
la fantaisie de se livrer à une exécution de Flourens.

— Je n'admets pas cette injustice violente,

s'écria Réchad. Ali, vous m'en rendrez raison.

On se battait, le lendemain, au bois de Vincennes, et, quand, le soir, Réchad serrait la main de Flourens, il venait d'envoyer Ali-Bey au lit, avec une blessure à la cuisse.

Ce qui ne l'empêchait pas, plus tard, de demander malicieusement au jeune héros français de l'insurrection de Crète :

— Voyons, mon cher Flourens, combien avez-vous tué de Turcs ?

Ce n'est pas Hussein, le général Hussein qui se serait laissé occire si aisément.

Cette vieille culotte de peau de la Porte-Ottomane, qui, dans la même guerre de Crète, s'était couverte de gloire, s'est assise aussi sur les divans de Soufflet.

Devant les carafons de cognac, Hussein eût rendu plusieurs petits verres aux sapeurs de toutes les vieilles gardes. C'était le moment de flatter sa vanité militaire.

La tribu turque habitait une maison meublée, au coin de la rue Saint-Séverin et du boulevard Saint-Michel.

— Hussein, disait-on au général, entre deux punchs, est-il vrai que vous ayez la plus belle voix de commandement de tout l'empire ?

Oh! alors, le quartier était sens dessus dessous; les passants s'arrêtaient, les fenêtres s'ouvraient, les agents de police croyaient à une émeute... C'était Hussein qui lâchait, comme un tonnerre, toute la bordée des commandements turcs.

Rarement, ce monde quittait son quartier général. Si on l'a rencontré plusieurs fois, en quelques jours, sur le boulevard des Italiens, c'est qu'il allait voir Brasciano, le Roumain, de passage à Paris, qui travaille, depuis longtemps, aux affaires de la Jeune Turquie.

Savez-vous où l'on a reçu les premières dépêches qui annonçaient la chute d'Abd-ul-Aziz, et le reste?

Au café Soufflet.

J'avais quelque raison de dire, précédemment, n'est-ce pas? que la révolution turque était à moitié partie de là.

XI

LE CAFÉ DE FLEURUS.

L'actualité me mène, — et l'actualité politique, s'il vous plaît! Quand la Serbie et son prince mettent encore en jeu la situation européenne, je me rappelle forcément que j'ai connu, il y a une dizaine d'années, ce jeune prince modeste habitué du *Café de Fleurus*.

Ce café avait, du reste, sa célébrité depuis longtemps. Ce n'étaient point des princes qui la lui avaient faite, — mais des artistes, des peintres, qui, tous, ont eu aussi la leur. Personne, quoi qu'en pense la bourgeoisie dédaigneuse, n'est aussi puissant que les « gens » du pinceau et de la plume pour distribuer la célébrité, selon leur bon plaisir.

Fleurus, au coin de la rue du même nom, faisait angle droit, autrefois, avec la grille du Luxembourg. Quand les idées et les spéculations du

baron Haussmann eurent mutilé ce magnifique
jardin de Paris, le plus charmant de l'Europe
jusqu'alors, la continuation de la rue Bonaparte,
abattant les arbres de l'allée qu'elle devait remplacer, en sépara le café de toute sa largeur.

On ne voyait guère plus qu'une fois par semaine, à cette époque, les fondateurs de Fleurus,
Français, Achard, Gérôme, Hamon, Toulmouche,
Nazon, qu'on y rencontrait régulièrement encore
vers 1857. A ceux-ci s'étaient joints Breton, Pi-
cou, Baudry, le sculpteur Falguière, l'architecte
Garnier. Au retour d'Athènes et de Rome, on reprenait pied et langue à Paris, au café de Fleurus.

Comment s'étonner, après cela, que « la salle
des peintres » ait été si bien décorée, et qu'on
ait pu s'y trouver en face d'un paysage de Corot,
entre une bergère de Breton, couchée à travers
un pré, et une femme nue de Nazon, étalée sur un
billard?

Corot était surtout l'habitué de ces dîners,
dont les Goncourt ont conté les premiers, dans
leur roman de *Manette Salomon*. Une loterie
faisait, en ces commencements, partie du dessert, et, d'une semaine pour l'autre, si j'ai bonne
mémoire, le lot était désigné. Les coutumes de

ce temps, déjà ancien, ont subi plus d'une modi-
fication. La loterie n'existe plus, et le dîner du
vendredi, — qu'on nomme le *Dîner de l'Arlequin*,
— a lieu, l'été, au Bas-Meudon.

Le café de Fleurus a aussi, le vendredi, des professeurs, gens trop graves pour donner à leur dîner un nom léger. Peut-être, néanmoins, le dési-
gnent-ils dans un latin... de cuisine, qui n'est pas
arrivé à mes oreilles profanes.

Parmi ces peintres, que j'ai souvent entendus
causer d'art, dans leur salle, quand ils ne jouaient
pas au trictrac, ou ne faisaient pas une *poule* au
billard, il en était un surtout, dont le pittoresque
me frappait. Le public ne connaît guère Achard
que par un tableau ; ses amis assurent que le jour
où son atelier laisserait échapper toutes ses
productions, il y aurait plus d'une surprise. Ce
ne serait pas le premier étonnement qu'il m'eût
causé. Je crois qu'un peigne ne lui a jamais
passé dans la crinière, et l'ingénieur T..., un
familier de la bande, disait avec quelque raison :

— Dans les cheveux d'Achard, on trouve de la
plume ou de la paille à volonté.

Français, à certaine époque, produisait aussi
son effet, en dehors de son art. C'était au « dîner de l'Arlequin. » Il était la joie du dessert, en

10.

donnant quelques-uns de ces coups de galoubet,
qui ont fait le succès des Thérésa et la vogue de
leurs chansons.

On déjeunait, on déjeune beaucoup encore à
Fleurus. J'y ai retrouvé, récemment, le sculpteur
Préault, qui, là comme ailleurs, a moins ses habitudes que ses quinzaines de passage, jusqu'au
matin où la côtelette lui paraît trop cuite ou trop
saignante. Car il est des jours où Préault n'a pas
que l'œil mécontent, grognon, et regardant de travers : cet homme d'esprit devient alors un esprit
« grincheux , » il est dans ces lunes où il appelle
Musset *mademoiselle Byron*, et où il accuse
facilement ses contradicteurs d'avoir « une tarentule dans le chapiteau. »

Mais je ne saurais, sans que la liste eût la longueur d'une double page, faire défiler ici tous les
noms des clients passés et présents du café de
Fleurus. Le monde de la sculpture, de la peinture,
de l'architecture, du dessin, l'a traversé au complet.

L'élément féminin y était bien plus rare qu'au
petit café, son voisin d'en face, aujourd'hui disparu, et si vivant, si plein, si grouillant, si curieux
aussi, quand il portait le nom du petit théâtre
de la rue Madame, souvenir presque effacé : *Bo-*

bino. Et pourtant, j'ai encore dans l'oreille un gazouillement de femme, entrecoupé d'accès de folle gaieté. Celle-là, je peux la nommer : comme actrice, elle appartient à la chronique et au public. C'était Mlle Georgette Olivier, qui a toujours beaucoup gazouillé et beaucoup ri. Je ne parle pas de l'époque primitive du Fleurus, bien entendu.

Il était impossible que la littérature ne fût pas représentée dans ce milieu artistique, mais elle y était noyée. Edmond About y visitait ses amis d'Athènes et de Rome, entre deux chapitres de la *Grèce contemporaine.* Plus tard, quand Murger revenait au quartier latin, quelque jour d'été, il s'asseyait à la terrasse ombragée par les marronniers du Luxembourg.

Le temps de la bohème était déjà loin ; Murger était presque heureux ; mais il avait vieilli. La corde sur laquelle il avait joué, chanté ses airs de fantaisie et de sentiment, était fatiguée, et pis encore : usée.

— Ah ! disait-il, une après-midi, mélancoliquement assis à une table du café de Fleurus, il n'est plus qu'une chose qui me tente : partir pour Alger.

— Êtes-vous plus malade ?

— Non... Et puis, vous savez, je me traite par l'indifférence.

— Qu'iriez-vous donc faire là-bas ?

— J'ai l'idée de refaire, en les transportant à Alger, mes scènes de la *Vie de Bohème*.

Au temps où le café tenait au Luxembourg, un promeneur, oublié dans le jardin, eût remarqué, de ce côté, un groupe qui se détachait de la clarté sereine des nuits de juin ou de juillet, entre dix et onze heures et demie.

Des yeux noirs flambaient sous leurs sourcils épais ; une figure molle, aux traits indécis, riait à côté et faisait tressauter le ventre. Vis-à-vis, celles d'un substitut correct, et d'un avocat sérieux.

Je peux dévoiler aujourd'hui les noms de ces « conspirateurs » qui, malheureusement, ne nous ont pas débarrassés de l'empire, avant que sa chute ne soit le résultat d'une catastrophe nationale. Ils s'appelaient Pelletan, Picard, Magnin et Hénon.

Ce n'est point la légende du café de Fleurus, ni les artistes qu'on y rencontrait toujours, ni les hommes politiques des clairs de lune mystérieux, qui avaient fait du prince Milan, en 1866-1867, un habitué intermittent.

Le prince avait choisi pour précepteur, à Paris,

le père Huet, comme on nommait ce bonhomme
dont tous ceux qui l'ont vu, à travers le quartier
Latin, se rappelleront tout de suite les moustaches
et la large figure.

Huet était l'ami inséparable du papa Isambert,
le répétiteur de droit, en sorte que le jeune Milan
paraissait, flanqué de ces deux vénérables qui
avaient leurs habitudes au Fleurus.

L'élégance ne le désignait pas comme un des
princes de l'Europe. Sa toilette était au moins
négligée, et il avait, autant que nos échappés de
collèges de province, la gaucherie des dix-sept
ans. D'autre part, ni morgue, ni insolence, mais
plutôt une timidité qui plaisait particulièrement
en lui. Par instants, cette douceur s'animait, l'œil
s'éclairait et l'on sentait qu'il y avait, au fond,
dans ce jeune homme, une vivacité à laquelle
l'occasion pouvait faire jeter son feu.

Pendant qu'il écoutait Huet et Isambert sur la
banquette du café de Fleurus, on aiguisait en
Servie le poignard qui devait frapper son oncle,
le prince Michel. Un matin, une dépêche apporte
la nouvelle de l'assassinat. Adieu le Luxembourg,
où il se promenait en simple étudiant; le café où
il causait sans souci de la destinée! En toute hâte,
il fallait partir.

Vous savez le reste : le jeune Milan fut prince
régnant à son tour, et à l'âge où l'on n'est pas
encore un homme.

Fleurus est un nom qui a ses fatalités. Je n'aurai pas l'impertinence de sembler vous apprendre de quels coups de canon victorieux il réveille l'écho dans l'histoire.

Le café de Fleurus a porté bonheur aux artistes qui en sont sortis pour prendre le grand
chemin de la gloire ; le prince, qui a dû quitter sa banquette pour un trône, n'a pas été aussi
heureux !

XII

LE CAFE DE SUÈDE.

Après Soufflet et Fleurus, me voilà en règle avec la Turquie et avec le prince Milan. Le boulevard Montmartre me rappelle, et on nous attend, lecteurs, au *Café de Suède*.

La première fois que j'y suis entré a sa date dans ma mémoire : c'était le jour de l'enterrement de Mürger (janvier 1861). Il faisait un temps affreux : pluie battante, boue à mi-jambes, dont, en y piétinant en masse, on se couvrait jusqu'aux épaules ; et les voitures vous en étoilaient jusqu'au chapeau.

A la sortie du cimetière, j'avais obliqué vers l'ancienne barrière des Martyrs pour n'être pas roulé dans le flot d'étudiants qui descendaient par la rue Fontaine. Précaution bien inutile : au carrefour de Notre-Dame de Lorette, la légion pressée arrêtait toute circulation, en s'engouffrant

dans le faubourg Montmartre. J'entendis mon
nom, et, détournant la tête, j'aperçus un signe
de main par la portière d'un fiacre, qui attendait,
à l'angle de la rue Lamartine et du faubourg, le
débordement à passer.

C'était Roger de Beauvoir qui m'appelait
pour m'y donner place avec lui et Lambert Thiboust.

Nous avions pris la queue de la foule à peu près
écoulée, et nous suivions au pas. En approchant
du boulevard, une partie de ce monde disparut,
engloutie par une porte cochère ; le reste se poussait au seuil. Et tout à coup, des cris de « vivat »
retentirent, trois fois répétés.

— Qu'est-ce que cela? demanda Lambert.

— Je n'en sais rien, répondit Roger ; mais nos
rosses protestent, ajouta-t-il, en nous faisant remarquer un mouvement de recul des deux hari-
delles qui nous traînaient.

Alors, je me souvins. On m'avait conté la veille
que les étudiants devaient aller faire une manifes-
tation dans la cour de Gregory Ganesco, expulsé
de France, comme étranger, pour un article politique publié dans le *Courrier du dimanche*.

— Ganesco! disait Lambert. Il n'a jamais fait
de théâtre, ce Ganesco !

— Hé! répondit Roger, voilà, ce me semble, un assez joli coup de théâtre.

Thiboust, que la politique n'avait pas coutume de troubler sur son chemin, était devenu rêveur.

— Quelle bonne complainte, mes enfants, reprit de Beauvoir, si nous étions en humeur de rire? *La mort de Mürger, ou le triomphe de Ganesco!*

— Où allons-nous déjà? demanda le cocher.

— Au café de Suède ! cria Roger.

Lambert nous avait quittés en descendant de voiture. Je crois qu'il allait rejoindre Noriac.

Le café de Suède était fort animé. Je trouvais, là, beaucoup de visages de boulevard, sur lesquels je n'avais jamais mis un nom, et d'autres, que je reconnaissais pour les avoir vus, grimés, aux clartés de la rampe.

Je vous signale, cependant, Hambürger, dont les calembours travaillent cette tête ronde, qui ressemble tant à celle du R. P. Monsabré; et Blondelet, figure de commerçant heureux, qui, les deux mains croisées sur la pomme de sa canne, cherche le sujet qu'il livrera aux couplets impossibles de son collaborateur Baumaine, pour quelque pitre, mâle ou femelle, de café-concert.

11

Vous parlerai-je des acteurs de province en congé? A l'heure qu'il est, ils m'obligent à changer de trottoir. J'en ai tant connu, en voyage, en France, et même à l'étranger, à qui j'ai laissé espérer qu'avec du travail, ils arriveraient à la gloire des coulisses parisiennes ! Quiconque a eu à traiter avec l'incroyable vanité des acteurs, comprendra mon indulgence.

· Quelques-uns, du reste, ont eu leurs noms sur les colonnes d'affiches du boulevard; mais les autres ne sont encore arrivés... qu'au café de Suède, au temps des vacances, pour se chauffer au soleil artistique de Paris, — et des Agences de théâtres.

Chaque café, — je l'ai déjà dit, — a pour ainsi dire, ses enseignes vivantes. Parmi d'autres, Suède a le boulevardier Canuche, encore aujourd'hui.

Autrefois, ces deux enseignes s'appelaient Alfred de Caston et Henri de Car...

Je n'ai pas à vous présenter le prestidigitateur Alfred de Caston, quoiqu'on ne le voie plus. Mort ou disparu? Je l'ignore. Mais la province même a connu cette tête de bouledogue, qui flûtait ses boniments d'une voix empruntée d'homme du monde, avant de ravir « la société » par ses tours de cartes.

Quant à Henri de Car..., tête de dogue aussi, sur des épaules trapues et un corps *chaloupant*, chanteur de café-concert, à certaine époque, sur les hauteurs des Batignolles, il a eu sa légende, courant parmi les habitués du café de Suède, plutôt que sa célébrité ailleurs.

Il était, à ce qu'on assurait, un fils naturel du duc de Berry. Et il a paru deux fois que cette prétention n'était pas une plaisanterie.

La première, c'était au procès de Pierre Bonaparte, dans l'affaire Victor Noir.

— Votre nom? demanda le président.

— Henri de Car..., répondit-il, et M. le président sait tout le premier à quoi s'en tenir sur ce point.

La seconde fois, — et c'est moins vieux, — l'événement a parlé pour lui.

Une noble tante est morte, et l'ancien pilier du café de Suède, l'ancien baryton des Batignolles a 20,000 livres de rentes ; il est marié, comme un beau fils de famille, après avoir longuement, et partout, jeté sa gourme ; une gourme excentrique, s'il en fut jamais, et je n'entends pas lui donner une pureté de rosée.

Tous les anciens habitués de Suède n'ont pas été aussi heureux.

Il me suffira de nommer, comme client des
dernières années de l'Empire, le jeune Maroteau
et Pilotell, deux victimes de la Commune, où ils
s'étaient jetés étourdiment et étaient follement
restés.

— Auteurs dramatiques, vaudevillistes d'hier,
d'aujourd'hui ou de demain, acteurs célèbres ou
presque inconnus, il n'y a, ici, qu'à piquer dans
le tas pour en trouver un ! — répondit Roger à
une question que je lui adressais.

Lambert Thiboust était plutôt l'habitué du café
de Suède que de celui des Variétés. Il entrait, il
sortait, il revenait ; il en était comme le joyeux
coup de vent, jusqu'à sa mort prématurée.

A ce propos, je me rappelle qu'à la fin de l'hiver 1867, je passais, un soir, devant le Suède
avec l'ancien bohème Potrel, héritier, à cette
époque, de son père et d'un frère, presque riche,
mais atteint de deux ou trois maux, qui ne par-
donnent pas longtemps. Il regagnait son loge-
ment après le dîner qu'il avait essayé de faire, et
où il n'avait pu avaler que trois cuillerées de
bouillon.

— Oh ! me dit-il, avec cette voix étranglée,
pénible à surprendre, que donne la phthisie la-
ryngée, arrêtons-nous ici, cinq minutes seulement.

Je vois Thiboust! Est-ce que Thiboust n'a pas toujours été à vos yeux l'expression la plus complète
du bonheur, de la vie gaie et insouciante, pleine
jusqu'au bord, sans que rien n'en puisse renverser le verre? Regardez-le rire, je vous prie. Quel
rayonnement! Écoutez-le. Quels éclats francs,
larges, sonores, ne redoutant rien ! Thiboust ré-
conforte ; et, prendre une dose de cette gaieté,
est pour moi la meilleure médecine.

L'été suivant, à quarante-huit heures de distance, le malade épuisé, et l'homme exubérant
de sève, en apparence, mouraient tous les deux ;
et Lambert Thiboust fut même enlevé le premier.

Au café de Suéde, j'ai vu plus d'une fois, entre cinq et six heures, ce qu'un de mes amis appelait « le grand trio des nez » : Hyacinthe, du
Palais-Royal, dont le chapeau de feutre, à larges
bords, n'arrivait pas à dissimuler ce trait, qui a
fait la moitié de sa réputation ; feu Grenier, le
prince Paul de la *Grande Duchesse* et le *Rabagas*
de Sardou, dont le bec de perroquet, au moins
grossier, a accentué le succès ; Grangé, enfin, le
collaborateur de Thiboust, Grangé, dont le nez
n'eût guère pâli auprès celui de Guichardet, quoiqu'il ne s'allume pas aux mêmes feux.

11.

Je n'ai qu'à noter d'autres clients qui partageaient, ou partagent encore leurs habitudes entre le Café de Suède et les Variétés : Jules Moineaux, toujours calme et raide dans sa petite taille ; Théodore Barrière, toujours nerveux, frémissant, tressautant de tics, qui vous font grimacer, malgré vous.

Il y a trois ans encore, on prenait pitié d'un grand garçon, l'œil torve, le teint blafard, le dos voûté, qui traînait ses longues jambes devant la terrasse du Suède : c'était Touroude, l'auteur du *Bâtard*, — espoir de l'art dramatique, pendant un soir, et qui est mort sur les promesses, que ses nouveaux drames n'avaient pas réalisées. Il était de ces cerveaux qui se brûlent à un succès trop vif.

Quant aux artistes de théâtres, qui se sont assis et s'attablent toujours au café de Suède, j'aurais besoin, pour n'en oublier aucun, de prendre un programme de spectacles. Vous le ferez pour moi.

D'autre part, il y a, au café de Suède, « le coin où l'on meurt. » C'est ainsi qu'on le désigne. A gauche, sous l'escalier. Là, s'asseyaient Kauffmann, Cléret, Honoraty... Il paraît que je conjure le sort, car, sans me douter de cette fatalité, je m'y suis assis plus d'une fois, et je suis encore assez vivant pour enregistrer, le sourire aux lèvres, cette superstition.

Et l'entresol de Suède ? Lui seul donnerait le sujet de toute une étude. Là, c'est une autre langue, ou d'autres langues : on parle allemand ou hébreu ; là, les marchands de diamants se réunissent chaque jour : les Schwartz, les Schubauser, les Bernard, les Léon Lévy, les Oppenheim, tous, des noms brillamment et richement enchâssés.

Un brave homme passait avec son fils, tout dernièrement, devant le café de Suède, dont il ne connaissait que très-vaguement la réputation. Il faisait chaud ; les fenêtres de l'entresol étaient ouvertes, et une partie de ses habitués aux fenêtres.

— Vois-tu, mon ami, dit-il, tous ces artistes, tous ces oisifs ? Tout ça, ce sont des malheureux et des gens sans le sou !

L'entresol représentait, à cette heure-là, une valeur de quatre-vingt ou cent millions.

Vraiment, mon cher Prud'homme (je vous ai entendu), le moment, l'étage et l'exemple étaient par trop mal choisis !

XIII

CAFE LAVENUE.

Un puritain me dit ceci :

« Vous nous montrez, monsieur, dans les cafés de Paris, des journalistes, des peintres, des acteurs, des joueurs passionnés des échecs et du domino, des vagabonds, des oisifs, quelques députés *démocrates*, — ce qui ne m'étonne pas. Fort bien ; mais vous ne prouvez point que cette vie extérieure soit celle de tout le monde, et vous ne sauriez citer des hommes de famille, des politiques *bien pensants*, des écrivains sérieux et de premier ordre, dans le nombre de vos habitués de cafés. J'attends encore un exemple ; je ne dirai pas *des exemples*, pour ne pas vous mettre trop en peine. »

Mon puritain est trop bon ; le pluriel ne m'effrayerait pas. Il semble ignorer que, par métier, par relations, par curiosité, je connais un peu tout mon Paris, et que son nom, à lui-même, m'indique de quel côté je dois aller pour le satisfaire, ou pour lui faire regretter sa naïve provocation.

Ah! je n'ai, sur mon carnet, que des gens de plume et de pinceau, que des épavés et des paresseux, que des « cabotins, » ou des démocrates!

Eh bien, cher monsieur, voulez-vous prendre une voiture? Nous allons arriver, entre onze heures et midi, au *Café Lavenue,* café de la gare Montparnasse, au coin du boulevard de ce nom et de la rue du Départ.

Vieille et bonne maison, du reste; cela se voit au premier coup d'œil: le comptoir en demi-cercle, avec cariatides bronzées; les couverts mis dans le salon de gauche; et dans la salle du milieu, des fleurs sans couleurs tapageuses dans une jardinière, en face du comptoir, entre les portes.

Et puis?

Et puis, monsieur, le sénateur Soubigou, Breton bretonnant, de costume et d'allure, à qui je n'ai pas, sans doute, besoin de vous présenter.

Il n'a point de place fixe; mais vous le verrez, le plus souvent, dans un coin du salon de gau-

che. S'il a des invités, des prêtres particulièrement, il change de table et de salle. Oh ! le bon
Soubigou ! Le représentant des modes persis-
tantes, quoique *embourgeoisées* (qu'on me passe
le mot) des populations bretonnes !

Voyez-le entrer. Il a le chapeau et la veste du
pays, mais de drap noir fin. Il n'ose porter les
culottes courtes, et il a les jambes engainées
d'un pantalon noir, comme vous ou moi. Cela me
gâte le pittoresque de ce petit homme simiesque,
malgré la ceinture violette ou noire qui lui serre
doucement les reins.

Mais. patience ! Le Breton typique se rattra-
pera. Attendez le dessert !

Après le fromage, Soubigou, Son Excellence
Soubigou, plonge la main dans les profondeurs
de la poche gauche de sa veste. Des abîmes. ces
poches de veste bretonne ! Il en tire une blague
crevée, d'où le tabac s'échappe en miettes. Puis,
il cherche, il cherche encore, il cherche longtemps dans ce gouffre aux plis insondables.

La pipe ? Où est la pipe de la tradition bretonne ?

La voilà ! Non ! Le pieux Soubigou amène, à
l'ouverture de la poche, une Vierge miniature,
dont il ne se sépare jamais, et où les bribes de

tabac s'accrochent, comme le varech aux naufragés.

C'est un sondage à recommencer. Mais, enfin,
la pipe arrive, triomphante et culottée de bouche
de maître. Elle s'allume ; elle fume avec une ardeur d'encensoir ; et les Bretons de passage, qui
vont prendre le train pour retourner au pays, sa-
luent, et, le chapeau en l'air, semblent crier :
« Vive Soubigou ! »

Après la première séance du Sénat, les journalistes de la réaction s'écriaient, enthousiasmés :

— Il y a là un Breton, en costume breton, un
homme primitif de « la terre de granit recou-
verte de chênes ! » Brave Bretagne, tu nous
envoies les naïfs et les purs. Salut à eux, et gloire
à toi !

J'admire tous les jours comment les gazettes
boulevardières, qui ont la réputation d'être merveilleusement informées, sont ignorantes des
choses et des gens. Soubigou, un nouveau venu ?
Comme sénateur, j'y consens. Mais, il y a une
douzaine d'années que moi, qui ne vis pas seulement entre l'Opéra et la porte Saint-Denis, je
connais son chapeau, sa veste, sa blague, sa
pipe et sa Vierge portative !

On s'est imaginé que c'était un grand proprié-

taire foncier, élu par les paysans, en masse, de
sa terre natale. Il s'agit bien de cela ! Le sénateur Soubigou a toujours plus profité du progrès
qu'on ne s'amuse à le penser.

Il a été de toutes les entreprises de chemins
de fer des lignes de Bretagne ; la locomotive ne
lui a jamais paru une invention du diable, — ou
il se serait, alors, damné de gaieté de cœur et à
pleine bourse, — et le voisinage d'une gare lui
permet d'entendre agréablement le sifflet de ses
succès, — plus encore : de sa fortune.

En revanche, il a introduit dans les chantiers
un élément nouveau, je le reconnais : l'élément
ecclésiastique. Les chantiers avaient, tous, leurs
médecins, jusque-là. Le Breton Soubigou les a
panachés d'aumôniers ; et, quoi qu'on en dise,
cela suffit, quelquefois, de n'être vanté que de
soi et de ses curés. A l'heure où j'écris, je viens
de voir onze invités du sénateur catholique, apos-
tolique et versaillais, entrer chez Lavenue, pour
prendre place à un dîner orthodoxe : huit sou-
tanes et trois redingotes, qui y ressemblent fort.
J'entends, d'avance, les toasts du dessert : Vive
Soubigou !

Ce Breton ne prétend point, du reste, être arrivé
à son fauteuil sénatorial par la force de l'instruc-

12

tion et des belles-lettres. Il disait, l'autre jour,
à de jeunes compatriotes :

— Vous êtes bacheliers, vous serez avocats ou
médecins. Mais serez-vous jamais sénateurs,
comme moi, qui n'ai jamais rien été de tout cela ?

Eh ! qui sait, victorieux Soubigou ? S'ils avaient,
comme vous, le pittoresque du costume avec le
flair des bonnes spéculations ? Deux malices,
deux habiletés.

Vous faut-il d'autres habitués du café Lavenue ?

Voici M. Janvier de la Motte (père) qui mange
là d'autres langoustes que celles qu'il demandait,
à sa fournisseuse ordinaire, par dépêches télé-
graphiques.

A la table voisine, s'est assis M. de Tillancourt,
surnommé « le Calembour à jet perpétuel, ou
l'Hamburger des Assemblées. »

> Si Limayrac devenait fleur,
> Je le mettrais dedans un vase,

disait le Banville des *Odes funambulesques*. La
mine de M. de Tillancourt m'eût peut-être inspiré
ces deux vers, si maître Théodore ne les avait
trouvés avant moi.

Maigres mangeurs, en somme, en comparaison
de certaine grosse bouche des ministères impé-
riaux, qui, autrefois, dévorait la cuisine de La-

venue. Ce chef de haute calotte ministérielle faisait tranquillement disparaître un filet aux truffes et deux bouteilles de château-laffite en attendant son dîner.

Jugez du reste !

Vous me parlez d'écrivain sérieux, monsieur le puritain ? Laissez-moi remonter le courant des années.

Vous m'accorderez, je suppose, qu'Alfred de Musset, quoique très-peu ou trop peu politique, en vaut bien d'autres, que vous pouvez admirer. Musset, plus d'une fois, — et non pas le Musset de la *Régence,* — s'est arrêté au café Lavenue, avant de gagner les bois et de chanter sa poésie enivrante.

Qu'il est bon d'être au monde, et quel bien que la vie !

J'avoue même qu'il y est venu une fois en compagnie d'Augustine Brohan, avec qui il devait visiter la forêt de Meudon. C'était une paire d'amis : le poète capricieux voulait altérer la situation. Augustine s'en aperçut, à la fin du déjeuner :

— Mon cher Musset, dit-elle, nous avons trop d'esprit pour nous entendre, si, l'un vis-à-vis de l'autre, nous changions de position.

Et le petit voyage à Meudon n'eut pas lieu.

Écrivain sérieux ? Et feu Philarète Chasles, le linguiste, le critique charmant du Collége de France, *déjeuneur* difficile, nerveux, agacé, comme partout, mais adouci par les observations de cette aimable femme qui, avant de prendre son nom, s'appelait madame Sincère Romieu.

Écrivain sérieux ? Et Sainte-Beuve ?

Oh ! Sainte-Beuve ! N'était-ce pas hier que je le trouvais, posté dans l'ombre, un soir d'hiver, l'œil au guet, au coin de la rue Montparnasse ?

Il venait d'écrire un de ces articles qui, à force de talent, l'ont fait nommer sénateur de l'Empire, lui, l'indépendant, malgré tout, qui a refusé les honneurs de sa critique à la *Vie de César*. Et il attendait, comme un jeune homme, femme qui le consolât de son travail et de son ambition... Tout à coup, il filait, et il disparaissait par la petite porte du café Lavenue, encadrée de deux lauriers en caisses, qui s'ouvrait sur le boulevard.

Nous n'en étions pas tout à fait en pleines *Lettres à la Princesse ;* mais nous n'en avions pas moins le Sainte-Beuve curieux, vivant, fouilleur, et toujours intrigué, dont ceux qui l'ont connu, sur ces hauteurs de Montparnasse, se souviennent en moralistes, mais avec quelque gaieté.

Troubat, son secrétaire, son exécuteur testa-
mentaire, l'héritier de ses manuscrits et de sa
petite maison, prend ses vins au Café Lavenue,
quand il traite les hommes de lettres pour qui on
peut prononcer un *Digni intrare*.

C'est un souvenir du maître et un hommage à
la cave de Lavenue...

Allons, monsieur mon correspondant, libres
penseurs et catholiques s'entendent assez bien sur
ce terrain. Sénateur ultramontain, après sénateur parisien : après Sainte-Beuve, Soubigou!

C'est drôle ; mais je trouverais qu'il y a des
distances, si le café Lavenue ne les rapprochait
pas.

XIV

Rassurez-vous : si je vous fais descendre la rue
de Rennes, ce n'est point avec la perfide inten-
tion de vous présenter à Montépin, qui travaille à
ses mixtions de Ponson du Terrail et Boulabert,
dans le pieux voisinage de l'église en bois.

A deux pas de là, quelques brins de feuillage
vert s'échappent entre les barreaux d'une grille :
nous arrivons à la *Brasserie du Chalet*. C'est, du
moins, le nom qu'on lit au-dessus de la porte ;
mais si vous me demandez de vous parler comme
un habitué, je vous dirai plus simplement : nous
sommes chez *Lang*.

J'ai connu Lang dans un endroit moins frais à
l'œil et moins élégant, — un peu plus loin, dans
la même rue, presque au coin de celle de Notre-
Dame des Champs. Je ne rappelle pas un souvenir d'hier : c'était à l'époque où Paris a commencé à boire une autre bière que cette affreuse

infusion de buis, que l'on servait encore dans les
cafés les plus élégants. Le règne de la brasserie
venait d'être inauguré : les Gambrinus de tout
genre et de toute taille, — lithographies, tableaux ou statues, — couronne en tête, manteau
de pourpre aux épaules, levaient majestueuse-
ment le verre d'où débordait le liquide écumeux :
la chope floconnante !

La brasserie Lang fut une des premières où
l'on vit s'organiser les longues « beuveries, » s'ins-
taller les buveries fourmillantes, où, à certaines
heures, il n'y avait plus place pour un coude
sur la table de chêne, et qui s'agitaient houleu-
ses et hurlantes, en un nuage de fumée de pipes,
épaissi, à chaque instant, par de nouveaux tour-
billons. Telle je la retrouve, en particulier, dans
mes souvenirs : grouillante, les soirs d'hiver, de
buveurs frileux, entassés dans cette atmosphère
qui vous enveloppait comme un air de four allumé. En revanche, quel ruissellement de bière !
Que de moos versés à flots ! Demandez-le à tout
ce Paris qui a été pris, alors, d'une soif inextin-
guible de houblon, et qui, rien que là, chez l'ancien Lang, en a vidé assez de tonnes pour se
noyer ! Mieux que personne, c'est le poète II. C...
qui vous répondrait.

Comme il y entrait précipitamment, le collet par-dessus les oreilles, en homme qui a peur d'être reconnu, certain hiver, entre cinq et six heures du soir, — voilà quelque vingt ans ! La saison s'était annoncée âpre, rigoureuse, inexorable pour les poetes qui n'avaient qu'un capital de strophes, placé en des journaux moins riches que leurs rimes. Le bon gîte devenait le premier rêve à caresser ; le bon souper ne paraissait point du superflu.

Le poëte C... eut une illumination : l'idée de se convertir pour hiverner quelque part, et la rue du Regard fut son chemin de Damas.

Il était allé trouver le P. Gratry et lui avait conté ce miracle, en l'assurant qu'il était décidé à renoncer aux vanités écœurantes du monde et à la gloire de la poésie. Le P. Gratry savait que serment de poëte, en pareil cas, ne vaut pas mieux que serment d'ivrogne ; mais lui-même était un converti : il ne voulait paraître trop douter des autres ; finalement, il se laissa toucher.

Voilà comment l'élégiaque C... était devenu postulant oratorien, c'est-à-dire pensionnaire des Pères de la rue du Regard. La vie était douce, la table bien servie, la cellule bien chauffée, le lit plus commode que la boîte de parfumeuse, où couchait, sous les galeries de l'Odéon, un bohème de ses amis. Peut-être, dans son égoïsme, eût-il pensé voluptueusement, avant de s'endormir, au malheur d'autrui ; mais C.., grand buveur de bière devant les hommes, le restait, — par aspiration, — devant Dieu.

Ah ! l'heure terrible du soir, quand, prêtant l'oreille aux bruits du dehors, il croyait entendre le choc des moos posés lourdement sur les tables et celui des verres rapprochés ! Et c'était à trente pas de là, chez Lang, où il avait eu naguère sa longue pipe et son petit crédit ! Après s'être tourné et retourné sous l'aiguillon de la tentation, il finissait par s'endormir ; mais ses rêves n'étaient qu'un défilé de canettes et de chopes fantastiques. Il s'éveillait étranglé de soif, en jurant que le supplice de Tantale n'était que de la petite bière auprès du sien.

Un jour, le P. Gratry, le trouvant plus songeur que de coutume, lui demanda s'il s'habituait à cette vie méditative de l'Oratoire. Comment donc ? C... en était, pour certaines raisons, plus heureux qu'il ne pouvait dire. Seulement, fit-il observer, le plus dur était la transition brusque entre la vie de la rue à toute heure et la vie enfermée, entre le vagabondage parisien et la

claustration. Le P. Gratry eut la bonté de le comprendre, et accorda une heure par jour à son
néophyte pour aller prendre le grand air dans
le voisinage.

Le voisinage, ce fut la brasserie Lang, comme
vous l'avez déjà deviné. Mais les jours ayant
grandi, il était prudent de filer plus loin. Nous
aurions pu rencontrer C... au café Lavenue, et
c'est même de cet endroit, qu'un soir, où le printemps arrivait par bouffées des bois de Clamart
et de Meudon, le postulant est parti pour aller
dîner ailleurs qu'à l'Oratoire, en compagnie d'un
ami dont le gousset tintait d'or.

L'excellent P. Gratry n'a jamais revu ce converti pour rire, doux et mielleux, qui, pas plus
à sa fuite qu'à son entrée, n'a eu la franchise
d'une décision.

Au reste, n'est-ce pas C... qui disait un jour :

— Moi, je ne me révolte contre personne ; mais
j'ai un autre moyen qui vaut bien l'énergie pour
arriver à mon but : « Je ferais tomber la colonne
Vendôme à force de la lécher. »

La colonne Vendôme, aujourd'hui, rappelle fatalement Courbet ; et Courbet, qui était le pilier
de la brasserie Andler et qu'on peut citer parmi
les fondateurs de toutes les autres, était aussi un

habitué de Lang. Pelloquet traversait les ponts
pour y apporter sa pipe, ses théories et ses bou-
tades. Il y répétait le mot qu'il avait dit à Toulmouche, je crois, au café de Fleurus :

— Les peintres, à cette heure, ont l'air de
faire des tableaux d'après les articles du *Petit
Journal*.

Et ce mot portait aussi, à la Brasserie Lang,
où les peintres ne manquaient pas plus que les
critiques d'art.

Quand la rue de Rennes a été prolongée, embellie, Lang s'est transporté au Chalet que vous
connaissez.

On sent, au premier aspect, que ce n'est point
la brasserie de tout le monde et qu'en changeant
de place, elle est devenue plus discrète qu'autrefois.

Non pas, certes, que ce chalet soit une chapelle qui ne s'ouvre qu'à ses privilégiés, et où le
rire sonore soit interdit. N'allez pas le croire un
instant! Entrez-y quand il vous plaira et prenez-y
vos aises; entrez-y, je vous y engage, le soir,
après dîner, et vous verrez qu'il est encore, dans
Paris, quelques bons coins de causerie et de
gaieté.

La gaieté! Comment voulez-vous qu'elle ne soit

pas installée à la Brasserie du Chalet, alors que, devant vous, s'épanouit la face rubiconde de Léonce Petit? *Nos bonnes gens de province* ne mettent pas en joie seulement sous son crayon ; il faut l'entendre les portraiturer, entre deux bocks !

Il s'enflamme rien qu'en les dessinant à traits rapides, et quand les mœurs, les coutumes lui reviennent en foule avec les figures, il fait assister ceux qui l'écoutent à la plus pittoresque sarabande, et à une sarabande que, si un refrain du pays lui chante dans la tête, le gros et court Léonce va mener lui-même, des pieds et des mains. Ce joufflu n'en est déjà plus à la couleur vive de la pomme d'api ; mais il y va encore, il y va toujours...

Et lon, lon, là !... Vous n'avez pas idée de cette masse entraînante. Paul Arène, qui est du pays des agiles farandoles, prend, malgré lui, le mouvement saccadé de cette irrésistible bourrée.

Et lon, lon, là !... Le sculpteur Taluet se laisse emporter dans le branle, en songeant que tous ses plâtres sont en sûreté dans le calme de son atelier.

Le peintre d'Alheim, ce cosaque original (je ne dis pas un Russe, ô susceptible d'Alheim !), que

l'esprit avait nationalisé français avant les forma-
lités légales, Jean d'Alheim a de la peine à faire
entendre les pétards de ses paradoxes sur l'art au
sculpteur Captier, dont les yeux bleus lancent des
éclairs sous sa chevelure effarée.

Et lon, lon, là!... Du Cleuziou, que tout le quartier Latin a connu depuis vingt ans, avec ses longs
cheveux, ses grands yeux bleu de mer, sa tête
allongée, froide et barbue de Christ brun, Du
Cleuziou s'anime à cet air qui lui rappelle ceux de
son pays. Car il est breton, comme Soubigou, et
il porte quelquefois, lui, la vraie veste bretonne ;
seulement, il dédaigne les choses de l'industrie
pour les curiosités de l'art.

— Voilà pourquoi, lui dirait son compatriote.
vous ne serez jamais sénateur.

Et lon, lon, là!... Banquette, table et plancher
sont en branle ; les chaises dansent toutes seules,
à la stupéfaction des trois grands chiens de l'établissement, et vous et moi, nous marquons la
mesure...

— Holà! qui mène si grand bruit?

C'est Monselet qui parle. Il est entré chez Lang
pour voir l'ami Paul Arène ; mais, ce soir-là, il
n'est pas au diapason. Aussi a-t-il la gravité
d'une statue de Commandeur.

— Voyons, tu ne t'assieds pas? dit Arène, en lui serrant la main.

— Mon ami, répond sans sourire, son collaborateur de l'*Ilote*, il est l'heure où les gens sérieux se retirent.

Vertueux Monselet!

XV

SOUVENIRS DU CAFÉ BELGE.
CAFE MAZARIN.

Le pays Latin de la chanson est sans doute une légende, embellie par les souvenirs et les regrets d'étudiants de vingt-cinquième année; mais il en fut un, pourtant, couché sur ce flanc nord de la montagne Sainte-Geneviève, dont la tête est au Panthéon, les pieds au quai des Grands-Augustins, qui avait ses mœurs, sa physionomie particulière.

Il est un quartier, où sont toujours situées l'École de médecine et l'École de droit ; mais, à proprement parler, le quartier Latin n'existe plus.

Quand on veut suivre les étudiants qui en battaient le pavé, voilà seulement dix-sept ou dix-huit ans, on est obligé de reconstruire pour comprendre quelque chose à la vie et aux coutumes de cette époque. Les rues qui restent ont

13.

elles-mêmes changé d'aspect. Là, c'est une ville
disparue; ici, une ville morte; quand on ne re-
construit pas, il faut repeupler. Et cela, dans le
beau milieu de l'ancien quartier, de l'Odéon au
Pont-Neuf.

Les galeries de l'Odéon sont debout, sans doute;
mais ce n'est plus, sous leurs voûtes massives, le
mouvement d'autrefois, du temps où plusieurs
générations y discouraient en marchant, comme
les péripatéticiens des portiques d'Athènes. La
gloire, la célébrité, la bohème, le talent, l'espérance, la jeunesse, tout cela s'y promenait à
chaque heure, et s'y coudoyait aux étalages des
libraires : de Masgana, qui avait édité les *Iambes*
d'Auguste Barbier, de la maman Gaut, qui avait
gardé tant de souvenirs de 1848 et du club pré-
sidé par Pierre Leroux, du petit Marpon Iᵉʳ qui a
su brasser son affaire en quelques années, grâce
un peu à certaines brochures indiscrètes, dont
il ne payait pas les auteurs et qu'il tirait par
milliers.

Tout cela a disparu. Les vieux ne sont plus;
d'autres se sont envolés loin du Luxembourg; les
jeunes ne passent, et surtout ne s'arrêtent sous
les galeries de l'Odéon, que par hasard, — ou par
force, quand il pleut. Que l'air du boulevard Saint-

Michel leur soit doux! que son soleil leur soit léger.

Autrefois, il était difficile de ne pas se rencontrer, à deux ou trois heures différentes, au carrefour de l'Odéon, et de ne pas se trouver en masse dans la rue Dauphine, vers minuit. C'était le trottoir des Italiens de la rive gauche.

Qui penserait, aujourd'hui, en voyant cette rue, nécessairement fréquentée, mais assez calme, le soir encore, qu'elle a contenu tant de joie, tant d'ivresse, tant de folie, car la folie s'y est démenée à fêler et à casser tous ses grelots?

Un vulgaire restaurant-bouillon a remplacé • la *Rôtisseuse*. Les marches de l'escalier, qu'on voit encore de la rue, ne seraient pas aussi usées, dans cinquante ans, qu'elles l'étaient alors, au bout de dix mois de l'année.

Comment se douter qu'à la porte cochère de cet hôtel du dernier siècle, qui a, maintenant, inscrit à son fronton le nom de Krantz, le grand marchand de papier, des lanternes resplendissaient, des lettres de feu étincelaient, et qu'au fond de la petite cour était ouverte, jour et nuit, cette taverne tapageuse et ripailleuse, qui s'appelait le *Café Belge?*

Je ne veux certes pas m'attendrir sur la dis-

parition de ces deux établissements. Ici, c'était,
parfois, le coupe-jarret, grâce aux mœurs de certains drôles qu'il était dangereux d'y rencontrer;
là, le coupe-bourse, grâce à l'expérience de vieilles habituées qui savaient comment et à quel moment opérer.

Non, jeunes gens, ne regrettez pas plus ces
deux endroits, qui ont eu leur célébrité, que ce fameux Prado, voisin de face du Palais-de-Justice,
et sa « fosse aux lions », espèce d'entre-pont où,   .
quand la bière avait coulé à flots, quand les cris
y étaient montés jusqu'aux rugissements, quand
les femmes arrivaient, chavirant sur le tout, allumer les jalousies et envenimer les querelles, on
assistait à des scènes de matelots ivres et de bêtes
en fureur.

Mais je ne saurais m'arrêter, rue Dauphine,
sans parler un peu de ce que fut le Café Belge. Ce
n'est point que je veuille écrire une chronique du
temps; un volume n'y suffirait pas. Je me con-
tenterai de piquer quelques notes toutes person-
nelles, mais à travers lesquelles vous pourrez
l'embrasser d'un coup d'œil, et le voir s'agiter
sous toutes ses faces.

Murger avait été un des premiers habitués du
Belge. Après lui toute la bohème, en fez rouges à

glands bleus, de la littérature et des écoles, y était
allée s'attabler. On y chantait, en détonnant horriblement, la romance de *Musette*, et on y décla-
mait, sans en comprendre le côté spiritualiste,
la *Charogne* de Baudelaire.

Mais l'heure qui amenait la clientèle ondoyante,
fourmillante et diverse, était celle du souper, sur
le coup d'une heure du matin. La soupe à l'oignon et au fromage fumait au Café Belge longtemps avant que certains cafés du boulevard en
eussent adopté la coutume. C'était le salut pour
les estomacs qui fermentaient, comme des cuves
débordantes, depuis la fin de la soirée ; c'était un
excitant au moos qui se dressait, couronné d'é-
cume, au milieu de la table, pour ceux que la soif
nocturne ne brûlait pas.

Et si la soupe en était pour son oignon et son
fromage, et ne poussait pas assez à la consom-
mation, le jambon d'un rose vif était là.

Tous pouvaient l'admirer, mais tous n'y touchaient pas.

Et vous en devinez la raison. Parmi cette foule
entassée, combien attendaient des porte-mon-
naie plus garnis que les leurs pour souper autrement qu'à la couleur du jambon appétissant et à la
fumée du potage ! J'en ai vu dépenser autant d'in-

trigues, et des plus fines, pour obtenir seulement un verre de bière, que tel homme politique pour enlever un portefeuille de ministre. Et ils n'y réussissaient pas toujours. Ceux-là étaient parfois déjà heureux d'avoir pour lit la banquette du Cafe Belge.

Quant aux habituées de cette taverne de nuit, joyeuses et folles à leur arrivée, toutes n'étaient point animées du même délire jusqu'à l'aube matinale. Les jours du mois passent sans se ressembler dans la bourse des étudiants et autres étourdis de la vingtième ou vingt-cinquième année, et le credit ne vit pas toujours. Puis, il y a la morte saison ou la saison de veuvage au quartier Latin.

Je me rappelle, à ce propos, une scène lamentable, à cette même époque du mois d'août où nous sommes.

J'étais entré, un soir, vers minuit, au Café Belge, en revenant d'un théâtre du boulevard, — et j'avais demandé une tranche de jambon. Trois jeunes femmes étaient assises à la table voisine ; rien devant elles qu'un paquet de tabac, dont elles émiettaient, par instants, les brins pour rouler une cigarette. Ces trois paires d'yeux avaient dévoré le morceau qu'on me servait, et s'étaient ensuite

terriblement fixées sur moi. J'y avais pris garde,
mais sans soupçonner tout ce qui pouvait être
amassé de légitime envie au fond de ces regards.

Survint un ancien étudiant, qui avait rompu
avec la tradition des vacances, une connaissance
de mes voisines, apparemment, car il leur dit :

—Ah! c'est vous ! Voulez-vous prendre une
absinthe ?

Les yeux, féroces tout à l'heure, rayonnèrent
des plus douces clartés. Une absinthe ! C'était le
souper en perspective. Pourtant ils s'assombrirent,
quand le nouveau venu demanda :

—Garçon, trois absinthes, — et une canette !

Un juste pressentiment avait voilé la première
espérance. Sa canette vidée, et le tout payé, l'aimable visiteur se retira en déclarant qu'il tombait de
sommeil.

—Une absinthe, et même pas une soupe à l'oignon ! dit alors une de ces malheureuses ; j'avais
bien besoin d'absinthe ! J'en ai pris sept depuis
hier soir en attendant mieux, et je n'ai pas encore
déjeuné !

—Et moi !

—Et moi !

—Les imbéciles ! reprit la première ; ils ne
comprennent rien.

Les soupirs, ressemblant à des râles, qui avaient gonflé ces trois cris, étaient navrants.

Que voulez-vous? C'était le trimestre où l'on pouvait, comme disait le cynique Privat d'Angle-mont, « se constituer un harem ambulant en se promenant avec une sardine au bout de sa canne. »

Privat d'Anglemont, qui a fait la fortune des petits pains de Cretaine, dans la même rue Dauphine, quand il n'avait pas de quoi en manger tous les soirs, passait souvent au Café Belge, avant de rentrer chez lui, au lever du soleil. Il habitait, dans les dernières années de sa vie, rue Saint-André des Arts, à l'hôtel de Valois, qui a, depuis, changé de nom.

Un soir, Privat arrive, radieux.

— Et maintenant, dit-il, qu'on me respecte un peu! Je viens de dîner chez des bourgeois.

C'était, en effet, une nouvelle à sensation. Que s'était-il passé? Privat, quittant le ton solennel, le conta gaiement.

Il revenait à pied de Meudon, son paletot sur le bras, par un soleil caniculaire et une route em-brasée. Tout suant et tout poudreux, il fut rejoint par un cabriolet qui filait au grand trot du cheval, conduit évidemment par son propriétaire.

—Monsieur, cria Privat d'Anglemont, un seul mot !

Le cabriolet s'arrêta.

—Monsieur, me rendriez-vous l'extrême service de remettre ce paletot à Paris?

—Volontiers, monsieur, répondit le bourgeois, « une bonne tête de bourgeois que j'avais jugé au coup d'œil, » ajoutait Privat ; mais à quelle adresse?

— Oh ! ne vous en inquiétez pas, monsieur, je serai dedans !

Sur ce, le bohème avait emmanché son paletot et sauté dans le cabriolet.

Il avait affaire à un homme d'humeur joyeuse, qui rit beaucoup de la plaisanterie, et plus encore des histoires, dont son compagnon lui paya le voyage pendant le reste de la route. Si bien qu'il fut convenu que Privat d'Anglemont dînerait chez ce notable de Paris, et qu'on l'avertit. au dessert, qu'il aurait son couvert mis toutes les semaines, et le même jour.

Privat ne profita pas longtemps de cette aubaine. Deux ou trois ans après, il rentrait à la maison Dubois, d'où il ne sortit qu'une fois pour aller faire une promenade en voiture aux Champs-Élysées.

14

Un de nos amis l'y rencontra. La voiture allait au petit pas.

— Comment allez-vous? lui demanda ce dernier.

— Vous le voyez : je fais la répétition du corbillard.

Au moment où le Café Belge allait être fermé pendant la nuit, par ordonnance de police, à la suite de coups de couteau, on installait, en face, sous une coupole de verre, l'immense *Café Mazarin.*

Un grand salon, à l'entrée, à gauche ; un plus petit, à droite, puis la vaste salle — un monde ! — avec des quarts de lieue de banquettes et d'innombrables billards.

Tout nouveau est beau. Le proverbe est vrai, même au « vieux quartier Latin ». Il y eut un reflux de marée, du Café Belge au Café Mazarin.

Si j'ai très-longuement parlé du premier, c'est que le second a hérité du gros de sa clientèle dès le commencement, et qu'elle y a afflué tout entière quand le Belge a été décidément fermé.

Mais Mazarin pouvait contenir une autre foule. Et alors, autour de cet épais noyau d'habitués, s'est pressé un peuple de nouveaux venus, — et venus, on ne savait pas d'où toujours, ni com-

ment. Les curieux se promenaient dans cet espace
sans fin, mais grouillant à la dernière heure du
soir, comme au milieu d'une fantastique exposition
humaine.

Les clients accoutumés fréquentaient surtout
le salon de gauche, qui, à minuit, était bondé de
buveurs, de joueurs, de moos et de soupières. Les
traditions de l'ancien Café Belge avaient passé
là. On ne s'y reconnaissait pas ; on s'y enten-
dait encore moins. C'était le pêle-mêle, le tohu-
bohu et le déchaînement. Le monde des femmes y
pullulait, et celui des drôles qui sont suspendus à
la traine de leurs robes, avait la prétention de ré-
gner avec elles dans ce café de Babel.

Le propriétaire du Mazarin s'est décidé à faire
un triage et à prendre les mesures d'un ordre
moral que — celui-là — je n'attaquerai pas. Encore à cette heure, une femme ne peut entrer seule
dans le café. Il est vrai que cela oblige plus d'une
exilée à demander au passant, d'un ton de suppli-
cation qui attendrirait une borne-fontaine :

— Oh ! monsieur, soyez assez bon pour me présenter !

N'importe ! Les mesures ont produit quelque
effet. Les commerçants du quartier vont aujour-
d'hui causer affaires au Café Mazarin, où le li-

braire Pic avait, autrefois, une petite cour, sans redouter les séductions de trop de Circés épouvantées de la solitude, et sans s'exposer surtout à des jalousies de ménages.

Je ne prétends pas qu'on y viendra jamais chercher une rosière pour la couronner quelque part; mais on y trouve, au moins, comme ailleurs, les plus honnêtes gens, et — ne plaisantons pas — les gens les plus patentés.

XVI

CAFE RACINE.

Il est tombé notre dernier refuge,
De Massénot le vieil estaminet !...

Qui chante ainsi à cette heure ? Le dernier béret sur la nuque du quartier Latin, troublant les echos du Luxembourg, sur l'air de *T'en souviens-tu?*

Ah ! Massénot ! Y penses-tu, pauvre ami? On m'a montré, jadis, un endroit qui avait porté ce nom : fenêtres à contre-vent d'un vert olive, porte vitrée, étroite et haute, d'auberge de province, salle nue, aux murs jaunes, où l'on voyait, à la table du fond, l'estompe des têtes chevelues qui s'y étaient appuyées, pendant des années, en fumant des pipes de sultans.

Et quelle vénération les cadets, qui n'étaient plus jeunes, gardaient pour cette ombre des aï-

14.

nés! Quant aux garçons vieille école d'estaminet,
j'en ai connu un qui essuyait des larmes, du revers de son tablier, en disant :

— Ce pauvre M. Ernest! C'est pourtant là qu'il
s'asseyait! Et M. Arthur? Vous vous en souvenez?
Il se serait battu avec qui eût voulu lui prendre
sa place du coin. Quel joueur de rheimps que
M. Paul, qui, lui, se mettait toujours du côté du
poêle! Mais le plus drôle était M. Alfred, avec
sa pipe turque : toutes les dames, ici, lui don-
naient le feu pour l'allumer, à tour de rôle. Et il
avait des façons de dire : « Merci, mes houris! »
qui les faisaient se pâmer comme des carpes vivantes dans la friture!

— Tais-toi, bavard! criait une longue barbe
qui ruisselait à mi-poitrine, et que vingt ans de
médecine, sans examens, commençaient à faire
grisonner. As-tu seulement connu Anténor?

Tout le monde faisait silence, — un silence-re-
ligieux. — Ce « As-tu seulement connu Anténor? »
était grand comme la fameuse apostrophe des
Saltimbanques :

— Es-tu seulement de la force de Paganini?

— Non, monsieur, répondait timidement le
garçon.

— Alors, tu n'as pas le droit de parler!

Massénot ! Pourquoi pas Sophie Ponton, pendant que tu y es, chanteur attardé ?

Massénot ! Mais tu as donc la prétention d'être un antique, mon brave ? Que j'en ai vus tomber de Massénot, plus jeunes et de plus fraîche date, dont il semblerait fantastique de parler aujourd'hui !

Es-tu sûr que je ne paraisse pas déjà un ancêtre, en réveillant les souvenirs du Café Racine, un des deux ou trois qui survivent, au cœur de l'ancien quartier Latin, à l'indifférence des nouveaux venus pour les endroits qu'une ou deux générations avaient cru consacrer ?

Ils ont quitté ces vieux nids séculaires...

Fort bien ! je t'entends ; je sais, comme toi, ces couplets dont Antonio Watripon et Jules Choux se sont disputé la paternité, et qui, en somme, ont une demi-douzaine d'auteurs. Tu chanteras plus tard, mon bonhomme ; mais, écoute !

En ce temps-là, Cauchois régnait sur le Café Racine, qui a eu plusieurs dynasties de gouvernants, comme la France, et, comme elle, pas toujours pour son bonheur.

Type excellent que ce Cauchois, porte-bedaine à mine de chantre et à trogne rabelaisienne, en-

tretenu à point par un vin du Château-du-Pape
qui eût mis sens dessus dessous tous les couvents.
Au reste, soyons juste : ce patron exubérant et
joyeux ne l'enterrait point, en égoïste, au fond
de sa cave ; il en faisait déguster à ses habitués
sérieux. Car ce Château-du-Pape eût été son orgueil, si sa tabatière n'avait été sa gloire.

La tabatière de Cauchois? Mais, sans être à
musique, c'était tout un chant de poeme! Elle
ne venait pourtant ni de Napoléon Iᵉʳ, ni de
Louis XVIII ni de Louis-Philippe. Non ; elle lui
avait été offerte par ses clients, la belle tabatière d'argent, avec leurs noms gravés au fond
de la boîte. Et lorsque Cauchois l'ouvrait, devant
des consommateurs de passage, avec une dignité
royale, il refaisait, sans la connaître, la phrase
du sabre de M. Prudhomme :

— Cette tabatière, disait-il, en bombant du
ventre, est le plus beau jour de ma vie !

Ses clients? J'en ai déjà nommé trois, au
moins, dans mes stations précédentes, en notant
le Café Racine comme leur point de départ :
Amédée Rolland, Charles Bataille, Jean Du Boys.
Ils visaient alors à escalader les marches prochai-
nes de l'Odéon. On travaillait le canevas du *Marchand malgré lui* ; Bataille, déjà sourd, esquis-

sait l'*Usurier de village*. Bataille était la force
qui donne sa poussée ; Du Boys, la volonté qui
pioche ; Rolland, la paresse qui se réveille, de
temps à autre, pour apporter, comme part de
collaboration, un peu du sang de la vigne bour-
guignonne.

— Tous fous, dès cette époque ! me disait un
de nos contemporains, qui les a plus connus que
moi, en ces premières années. Et si Rolland n'a-
vait pas été emporté au galop par la phthisie, il eût
peut-être fini de la même manière que les deux
autres.

Et ce « tous fous » comprenait un quatrième,
un inséparable, en ce temps, du nom de Hardy.
Si vous n'avez jamais vu Hardy, représentez-vous
à peu près Raoul Rigault. Même front, même
galbe ; j'allais ajouter mêmes lunettes, car, ne
vous en déplaise, selon leur position sur le nez,
toutes les lunettes ne se ressemblent pas.

Mais Hardy, dont je n'ai jamais lu une ligne de
quelque valeur, s'était laissé enrôler, à la fin de
l'Empire, dans le journalisme bonapartiste. Il
avait fait, en province, ce vilain métier de tam-
bour impérial. Il en fut bien puni ; et, si je le
rappelle, c'est pour mettre en relief son expia-
tion.

Ce malheureux revint à Paris, après la guerre,
honteux, exaspéré, furieux, et l'on peut dire qu'il
mourut de colère, de vengeance inassouvie, contre le bonapartisme, à l'hospice Dubois.

Au Café Racine, on trouvait encore un jeune
homme que j'avais rencontré, de mon côté, dans
un petit cénacle littéraire et philosophique de la
rue Saint-Jacques, et qui avait signé un gentil
volume de poésies : *Miettes d'amour*, du pseudo-
nyme de Fernand Belligéra. Sa famille, qui ne lisait point de cet œil-là, le força à s'engager. On
voulait le réduire en lui faisant manger de la va-
che proverbiale, que d'aucuns, du reste, digèrent
si crânement.

On le fit revenir pourtant, cet enfant prodigue,
ce Fernand, à qui je ne saurais donner, — on va
le comprendre, — son vrai nom ici. On lui acheta,
pour concilier ses goûts avec les chances de la
fortune, un fonds sérieux de librairie ; puis, on le
maria richement, et, — chose plus rare, — sans
contrarier son inclination.

Voilà, enfin, un garçon heureux, à ce qu'il vous
semble ? Attendez donc, qu'au sortir de la mairie
et de l'église, il ait commencé son voyage de noce
et soit arrivé à la première étape, entre la France
et la Suisse.

— Eh bien, non, — lui dit la jeune créature, qui avait prononcé, quelques heures auparavant, le *oui* légal et sacramentel, — je ne vous aime pas et je ne vous aimerai jamais parce que j'en aime un autre.

Révolte, supplications, désespoir : vous jugez de la suite. La séparation était au bout, et sans que l'union eût existé autrement qu'en cérémonie civile et religieuse.

Fernand Belligéra, amoureux comme un poète, n'en envoyait pas moins, tous les matins, des fleurs à celle qui portait son nom sans avoir été sa femme.

Un jour, le chagrin lui fit voir tout horriblement noir. Qu'était-il venu faire dans la vie? *Les Miettes d'amour?* La miette même lui était refusée. Après cela, que lui importait la fortune de son commerce? Il noua un rideau autour de son cou, et s'y pendit en face du portrait souriant de la créature qui l'avait fui.

Et, le lendemain, sur le drap noir de son cercueil, on remarquait un tout frais bouquet de violettes... C'était la marchande de fleurs, qui . l'y avait déposé.

Un bout de roman, une attendrissante nouvelle? Je vous en épargne bien d'autres en courant.

Soyons gais! comme disait, en ce quartier, le feu bohème Fouque, qui revenait aussitôt au funèbre.

Mais nous, nous allons y échapper : reprenons pour de bon notre sourire.

Rey, l'artiste Rey, futur régisseur de l'Odéon, avait, au Café Racine, des allures et un ton de haute comédie, que les autres clients de cette époque n'ont pas oubliés.

— Holà! quelqu'un! disait-il en s'asseyant. A moi, Mascarille! Où es-tu, Crispin?

Et, se tournant vers son voisin, il débitait, comme s'il eût parlé de lui-même :

La place m'est heureuse à vous y rencontrer.

Laray faisait la joie du café quand il y arrivait après les représentations de l'*Othello* de Ducis.

— Il en reste toujours quelque chose, lui disait-on.

Et, de fait, un nègre n'eût guère été, sur le coup, plus difficile à blanchir.

Puis, hommes de lettres, auteurs dramatiques, artistes avaient, presque tous, passé les ponts.

Mais il restait toujours, de ce côté de la Seine, une sève, que la guerre de l'Empire à l'intelli-

gence, qui se levait pour combattre sous toutes
ses formes, ne réussissait pas à tarir. « Les journaux meurent ; vivent les journaux ! » On avait de
l'entrain, de l'obstination, même de l'audace. La
Tribune des poètes s'était écroulée. Au tour de la
Jeune France !

Du Cleuziou, ce Breton qui avait senti passer
dans sa chevelure, au milieu des bruyères et sur
les rivages de son pays, le souffle de l'indépendance et les brises de la liberté, avait, en ces entreprises, une attitude de porte-drapeau. Il était
un des anciens habitués de Racine ; on se réunis-
sait autour de lui, surtout les jours de correction
d'épreuves (l'imprimerie était voisine) ; et, au
temps de la *Jeune France*, Vermorel paraissait
quelquefois. Fantoche politique, mû, selon les
occasions, par des ressorts différents, je ne veux
point plus longuement, ici, troubler la mémoire
de ce malheureux.

Il y a dix ans, Cauchois, le rabelaisien Cauchois, se retira dans son fromage, ou plutôt dans
son Château-du-Pape. Un pâtissier-liquoriste,
échappé de je ne sais quel arrondissement, et
nommé Masson, lui avait succédé. Masson avait
une jolie femme au comptoir, ce qui est une
grande qualité pour un limonadier, sans que cela,

pourtant, suffise toujours. La preuve, c'est qu'il se décida à s'en aller faire ailleurs les brioches de son métier.

Masson avait cédé la place au Prussien Kasper. Celui-ci s'empressa d'allemaniser le café, si français jusque-là, qui, alors, tourna à un genre bâtard, trait d'union entre l'estaminet et la brasserie. La guerre donna des loisirs au nouveau patron. La paix faite, Kasper reparut ; mais ce ne fut point sans essuyer quelques désagréments. On lui peignit même, certaine nuit, la devanture de sa maison à la couleur chocolat... de la Compagnie Richer.

L'habile homme vendit son établissement, en décrocha la lanterne trouée, percée à jour par les balles de la Commune, et partit philosophiquement pour Berlin, où il la vendit comme premier morceau de curiosité.

Aujourd'hui, le *Café Racine* ne ressemble guère à ce qu'il fut autrefois ; mais l'on ne saurait reprocher ce changement à son propriétaire. En ce milieu trop abandonné du quartier Latin, quoiqu'il ne soit qu'à cinquante pas du boulevard Saint-Michel, le patron le plus sérieux est souvent obligé de sacrifier à la séduction. On est servi par des Hébés de la bière qui font miroiter la prunelle

des jeunes étudiants et clignoter la paupière des
vieux libertins.

J'en ai connu d'autres, en mon temps, grandes
fumeuses de cigarettes autant qu'agréables ver-
seuses de moos, clientes ordinaires, qui faisaient
le service pour elles-mêmes et pour leurs amis.
Chose remarquable, toutes ces anciennes habituées
du Café Racine ont eu le plus heureux dénoû-
ment de destinée.

Que dis-je? Il en est même une, — dont les bas
roses faisaient merveille à tous les yeux, dans les
balançoires de Robinson, — qui est, aujourd'hui.
dans une ville cosmopolite, la femme d'un magistrat, et continue à prononcer *Céradon* pour Céla-
don, — la grosse ignorante indécrottée, et indé-
crottable!

« *Une femme de magistrat.* » Quelle jolie histoire je me promets d'écrire, si, ce soir ou demain,
j'entreprends, comme Rétif, des portraits de mes
contemporaines!

Et ma foi, il ne faudrait pas me mettre au défi!

XVII

CAFE DU CHALET (BOULEVARD SAINT-MICHEL)
CAFE DU MUSEE DE CLUNY.

Je n'ai fait encore qu'une visite dans la longue et large artère de la vie actuelle, sur la rive gauche ; j'ai parlé seulement du Café Soufflet.

On sait pourtant s'il en existe d'autres sur la grande ligne du boulevard Saint-Michel. Du carrefour de l'Observatoire à la Seine, on pourrait presque les compter par enjambées. Mais ce que je cherche d'abord, dans nos cafés, c'est le monde politique, littéraire, artiste, qui fait la physionomie intellectuelle de Paris, et j'entends ne m'y préoccuper du monde *viveur* qui les a traversés, ou qui y reste, qu'autant qu'il nous donnera la note morale d'une époque.

J'en suis désolé pour les Suissesses de Montmartre et les Alsaciennes des Batignolles, qui servent les bocks en plus d'une brasserie de ce côté-

15.

là ; j'en demande pardon aux soupirants nombreux
dont elles font cascader la vertu, comme on disait aux beaux soirs de l'opérette ; mais je ne
connais rien, jusqu'ici, qui leur vaille un chapitre
à part dans l'histoire de notre temps J'ai passé
la vingtième année ; je veux croire que je suis
devenu insensible, ou même aveugle, à bien des
charmes, mais il est difficile de se rajeunir à ce
point.

Hébés de la brasserie de Médicis, Circés de la Sa-
lamandre, maudissez-moi! Toutes vos séductions
ne me referaient pas une naïveté. Non, pas même
vous, beautés de comptoir du Café latin, vous ne
m'eussiez vu m'asseoir, un peu songeur, sous le
feu de vos yeux, si je n'avais cru me rappeler que
là était autrefois la Renaissance, dont le nom a eu
son éclat dans un procès politique, au temps où
la police impériale avait la rage de découvrir des
complots, pour paraître clairvoyante, et d'arrêter
des conspirateurs, pour s'entretenir la main.

Ah ! si elle avait pu, à la suite de cette affaire,
expédier Clémenceau pour Nouka-Hiva ! Mais les
républicains ont la vie dure et reviennent de loin :
M. Paul de Cassagnac n'en serait peut-être pas
plus tranquille aujourd'hui.

Je veux vous mener, lecteurs, à l'autre extrémité du boulevard Saint-Michel, à la hauteur des terrains vagues du Luxembourg, entre l'École des mines et le bassin de Carpeaux, — au *Café du Chalet.*

Nous nous arrêterons, en descendant, au *Café du Musée de Cluny.*

Le Café du Chalet a deux fois son histoire : comme café, et comme chalet.

Il y avait, autrefois, sur le boulevard Montparnasse, à quelques pas du carrefour de l'Observatoire, une petite brasserie, peinte en vert : deux salles, avec un jardin en contre-bas, où l'on jouait aux boules sous les grands arbres, qui ne sont pas tous abattus dans ce quartier.

Ceux-là même, vous les verrez encore, par la porte ouverte du marchand de vin, qui a installé son commerce à la place de l'autre établissement. Il a fait, je vous en avertis, une révolution de couleur dans la devanture : un rouge-sang de bœuf a succédé au vert, qui avait valu son nom à la brasserie. Parmi les habitués, on disait :

— Allons-nous à la *Verte?*

Et tout le monde comprenait.

Ce coin discret qui avait, de plus, au retour de mai, un vert plus agréable, celui de ses beaux arbres, dont le feuillage apaisait l'ardeur des so-

leils de l'après-midi, était d'un pittoresque à atti-
rer les peintres d'alentour, et tous les joyeux
compagnons qui aiment boire frais sous l'ombrage, respirer au grand air, et rire aux échos.

La Verte avait prospéré.

Après la guerre, le patron de l'endroit fut pi-
qué de la tarentule de l'ambition ; il rêva quelque
chose de mieux ou de plus élégant. Les terrains
du Luxembourg, dans tout cet espace désert, dont
nous devons la vue attristante aux spéculations
avortées de l'embellisseur Haussmann, étaient à
vendre ou à louer.

Kessler — c'est le nom du patron — en
loua un.

Qu'allait-il bâtir et construire sur cet emplace-
ment ?

Lui-même peut-être se le demandait, lorsqu'il
apprit la mise en vente d'un chalet qu'un maré-
chal, plus ou moins Vaillant de l'Empire, avait
aux environs, je crois, du polygone de Vincennes.

Les chalets de maréchaux étaient tombés à un
prix médiocre. Kessler fit l'acquisition de celui-là,
qui fut transplanté sur le terrain du boulevard
Saint-Michel.

Il ne s'agissait plus que de l'entourer d'un peu
d'ombrage, car adieu les grands arbres de la

Verte! Le sol était nu comme la main d'un proscrit ; le locataire songeait à le couvrir de façon à réinstaller le jeu de boules sous le feuillage, et à y ajouter balançoires, trapèzes et autres agréments d'un rendez-vous de plaisir.

Le hasard en disposa autrement. Quand les arbustes commencèrent à pousser, les plantes à grimper le long des treillis de tonnelles, les jeunes marronniers à bourgeonner, les petites Italiennes qui posent, le jour, dans les ateliers, vinrent là, le soir, racler du violon devant leurs peintres et leurs sculpteurs. A la sortie de la Closerie des lilas, la jeunesse folle, qui n'avait pas assez de la musique enragée du galop final, se précipitait vers cette nouvelle harmonie de crincrins étourdissants.

> En déshabillés blancs,
> Les jeunes demoiselles
> S'en vont sous les tonnelles
> Au bras de leurs galants.

Je dis « déshabillés » — comme le poete, mais on sait que les belles... et les laides de la Closerie ont, depuis longtemps, remplacé cela par des flots de velours et des ondes de satin.

Ce succès changea les idées de maître Kessler. Au trio des violons italiens et de la harpe succéda un orchestre plus agréable de musiciens. Aussi coûtait-il plus cher, — et trop cher.

L'été dernier, un piano et une flûte faisaient seuls les beaux soirs de l'enclos du Chalet. C'était un peu maigre, et monotone ; il fallait du nouveau. Quelques planches en estrade sous une tente, trois chaises, autant de chanteuses, deux chanteurs, et voilà un concert organisé. Aujourd'hui, cette annexe, plus ou moins lyrique, est absolument au complet.

Pendant ce temps, l'intérieur du café a ses habitués, qui ne donnent, par instant, qu'un coup d'œil aux fenêtres, en brassant les dominos. Mais ces habitués, parlons-en, car ils ont leur célébrité, ou leurs noms, en dehors du Chalet.

Poussons-nous un peu, s'il vous plaît? Vous voyez ce colosse sexagénaire, qui semble échappé d'un roman écossais de Walter Scott, figure florissante, œil clair et souriant, sous le feutre noir, vêtu de velours marron, la chemise de laine rose bouffant à l'ouverture du gilet, les poignets, retroussés, dépassant les manches du veston, la grosse pipe kummer, à long tuyau de merisier, pendant aux lèvres?

C'est le paysagiste Français.

Il s'assied en face d'un rival d'Hamon, — le peintre Ranvier, à la toison grisonnante, — barbe fleurie et regard clair.

A côté de lui, James Bertrand, un des jeunes de la peinture, cheveux noirs s'épandant en mèches sur le front, vide la boite de dominos.

La partie va commencer.

— Je vous engage à vous bien tenir ! dit joyeusement Français, qui vient de découvrir sa tête chauve et de coucher avec précaution, sur une chaise, sa pipe monumentale.

Le sculpteur Oliva achève de diner. Debout, et vu de dos, il ressemble à m'y tromper, si l'autre vivait encore, à feu Théophile Silvestre. Il marche, comme lui, avec les épaules qui envahissent la tête. De face même, il le rappelle. C'est la race des montagnards trapus de l'Ariége et des Pyrénées-Orientales.

Oliva est le Catalan qui, jusque dans son art, se rapproche du sentiment religieux de l'Espagne. Il se plaît à sculpter les jésuites, et vous connaissez sans doute son buste du Père Ventura. On m'a conté qu'il se signait en passant devant les églises, ce qui ne l'empêche point d'avoir le mot pour rire à l'occasion.

Lui aussi est ardent au domino, et il attend quelqu'un pour engager la lutte. Voici justement le sculpteur Cordier, dont le ruban rouge a autant d'éclat que celui de son confrère, quoique les

figures exotiques, qu'il excelle à modeler, ne
semblent pas, aux yeux catholiques, devoir dispenser les mêmes grâces que les Ventura passés
et présents.

— Six partout, et comptons !

C'est Français qui a fait le coup et reprend sa
pipe. Comment l'appelle-t-il ? Une telle pipe devrait avoir un nom, — comme l'épée de Charle-
magne.

Voyez ce beau garçon-là, etc., etc.

Ne faites pas attention ; ce refrain vient de
l'estrade. Si les oreilles s'étaient seulement fermées en même temps que le jeu !

Cela vous ennuie ? Eh bien ! vidons notre bock.
A la santé de l'art ! Et partons !

Puisque nous descendons le boulevard Saint-
Michel, laissez-moi vous signaler, à l'angle de la
rue de la Sorbonne, le café d'Harcourt, qui eut,
il y a deux ou trois ans, une trop fameuse réputation.

Là, tout le monde effréné du quartier Latin menait, alors, un furieux tapage, en dévorant des
écrevisses jusqu'à minuit et demi. C'était l'état-
major des noceurs à tous crins. Les jeunes blanchisseuses échappées qui portaient, depuis la

veille, leurs premières bottes Louis XV et leurs premiers chapeaux à plume de faisan, tenaient à honneur d'y prendre leurs premiers grades d'étudiantes.

Cela ne veut point dire que les anciennes, qui comptaient tous les chevrons de la galanterie joyeuse, n'y eussent pas souvent leur place. Mais c'est surtout dans les *Petit Rhin*, les *Grand Rhin* et autres Rhin, dont la bière coule sur les pentes de la Montagne Sainte-Geneviève, dans les brasseries des dernières rues étroites et sinueuses, qu'il faut chercher le quartier général de cette vieille garde, qui se rend toujours et ne meurt pas.

A la *Source*, pourtant, sur le boulevard même, nous pourrions en trouver un avant-poste... Mais n'attaquons pas !

Et maintenant, avez-vous des gants ?

— Pourquoi ?

— Pourquoi ? C'est que nous allons dans un café du bel air, dans le *Riche* de la rive gauche. Un peu de dignité ! Voyez ces gérants en habits noirs, ces garçons qui ont, avec les favoris bien peignés, la gravité d'avoués devant la cour. On est tenté de dire, comme Monselet à leurs semblables, quand ils font un écart :

— Monsieur le garçon !

16

Ce n'était que festons, ce n'était qu'astragales.

Le *Café du Musée de Cluny*, où nous entrons, n'est, lui, que moulures et dorures. Il me rappelle les cafés de Marseille écrasés autant qu'écrasants de luxe massif. Ici l'on boit; dans l'autre salle on mange, et les serviettes pliées et dressées en mitre papale vous dénoncent une clientèle pour qui l'élégance a son prix.

L'entresol, réservé aux joueurs de billard et aux sociétés d'habitués intimes, est surtout, depuis la fondation du café, qui remonte à l'ouverture du boulevard, fréquenté par la colonie des Valaques. Les Valaques, vous le savez, peuplent tous les hôtels environnants. Ils sont comme chez eux, sur ce boulevard Saint-Michel qui, à ce qu'il paraît, a un charme particulier et des séductions irrésistibles pour les Orientaux.

A ce propos, les Turcs, dont nous avons rencontré le souvenir au Café Soufflet, ont également passé par ici : Khalil-Bey, Mehemed-Bey, et tous les beys devenus récemment plus ou moins Pachas, en comptant Midhat, si j'en crois un ami, qui prétend avoir allumé sa cigarette à la sienne plus d'une fois.

En ces dernières années, dans cette salle même du rez-de-chaussée où nous sommes, d'autres

gens se sont assis, dont tous les habitués ne connaissaient pas le fond de la vie.

C'étaient des chefs de fenians.

Contraste assez piquant, n'est-ce pas? avec ce
milieu calme où, si je ne baissais pas le ton, ma
voix porterait dans le coin le plus éloigné. Mais
attendez.

Ne vous souvient-il pas d'un complot découvert
à Londres, d'un baril de pétrole placé en bon endroit pour faire flamber le Parlement?

Eh bien! les instigateurs et les meneurs en
attendaient l'effet... à cette table peut-être.

Vous tressautez? Qu'eût-ce été si vous aviez
entendu Stewart, qui, aujourd'hui, conspire encore sans doute en Amérique?

Stewart érigeait ceci en principe :

— Avec un révolver, un homme est partout
maître du monde !

A cet éclair d'audace, quel dramatique horizon
ne s'ouvre pas!

Au Café du Musée de Cluny, nous allons aussi
entendre remuer les dominos. A la table du fond,
à gauche du comptoir, il y a les habitués de cinq
heures, qui jouent le vermouth. A côté d'eux,
simple spectateur, mais se rattrapant sur la conversation, le docteur Dupré, un médecin poli-

tique, candidat aux dernières élections des députés de Paris. Air bon enfant sous le chapeau penché sur l'oreille droite, et très-gai, et chansonnant à tire-larigot.

Si le soir, vers dix heures, vous étiez ici dans son voisinage, et que quelqu'un l'y poussât un peu, vous pourriez entendre les couplets des « Nerfs crâniens ». Vous n'avez pas idée de ce que ces diables de nerfs savent chanter. Pour varier, il vous régalerait gracieusement de l'*Enfant blanc du Druide*, qu'il a dédié à Du Cleuziou pour le remercier de l'avoir initié aux mystères celtiques. C'est depuis ce temps que le docteur Dupré fourre des druides et des Celtes dans nombre de ses conférences, et qu'il dit si bien :

— Nous autres, Gaulois !

Ce terrible républicain ne bouleversera jamais aucun pays.

Nous voilà loin des fenians de tout à l'heure. N'en cherchez plus trace. Mortimer lui-même est parti. De ce côté, si nous en jugeons par ce que nous voyons ici, l'Angleterre peut digérer ses jambons et son porter en paix.

Rule, Britannia!

XVIII

BRASSERIE MAYER.

Les endroits les plus célèbres ne sont pas toujours les plus curieux.

Je veux aujourd'hui vous faire traverser le Luxembourg, et vous introduire dans un quartier où les gardenias des boutonnières du boulevard ne fleurissent pas. Quartier qui a eu pourtant ses hôtes illustres : Michelet à l'entrée ; plus loin Sainte-Beuve et la princesse Belgiojoso.

Mais c'est rue Vavin même que je vous conduis. Ne tâchez pas de savoir où, en cherchant les tables de la terrasse. Point de terrasse ici, point de public en étalage. C'est la brasserie primitive. La devanture, d'un jaune foncé qui brave toutes les éclaboussures, et au milieu de laquelle s'ouvre une petite porte verte en persiennes, ne se fait remarquer que par sa simplicité. Le soir, seulement, le passant peut être attiré par l'éclat

16.

d'une lanterne ovale, illuminant sur la vitre de ses deux faces un pot de bière autour duquel on lit : *Brasserie Mayer*.

Encore plus d'un gros maquignon, descendant du boulevard d'Enfer et cherchant à boire, a-t-il dû se dire, devant cette apparence modeste :

— N'entrons pas ici : ça n'a pas l'air assez bien pour moi.

Nous y entrons, nous autres, qui n'avons pas la vanité des maquignons ou des « gommeux », — et d'autant mieux que nous flairons un de ces intérieurs qui ont leur caractère particulier.

A gauche, fièrement campé sur une console, le Gambrinus du sculpteur Rollard : buveur vigoureux et dodu, ainsi qu'il convient au roi de la bière, tenant en main « la chope généreuse d'où jaillit à plein bord l'écume frémissante de la cervoise indomptée », comme dit mon ami l'ingénieur T..., chez qui l'étude des sciences exactes n'a pas appauvri les images de la conversation.

A côté et en face, des estampes sur les murs ; Strasbourg et sa cathédrale ; Strasbourg détruit et la figure en deuil de l'Alsace pleurant, la nuit, sur ses ruines ; les trois femmes de Strasbourg qui, après avoir recomposé, par leurs

toilettes, le drapeau français, passèrent, trico-
lores, devant les postes prussiens.

Tout Alsacien dévoué à la France pourrait vivre là, religieusement, comme dans un sanctuaire
de souvenirs et de regrets. Mais les Alsaciens ne
sont pas les seuls habitués de la Brasserie Mayer.
Nous y trouvons, bizarrement mêlés, des hommes
de lettres, des ingénieurs, des sculpteurs, des
chimistes, des peintres, des médecins, des frères
de sénateurs, des quarts d'agent de change et des
députés.

L'autre soir encore, Barodet y jouait aux dominos avec un de ses collègues de gauche, dont
le nom m'échappe en ce moment.

L'archéologie y a même son représentant. On
voit entrer quelquefois un petit vieillard à qui
l'on donnerait à peine soixante-quinze ans, et qui
en a bel et bien quatre-vingt-six : c'est M. Pei-
gné-Delacour, le vénérable auteur, très-apprécié
dans son monde, du Cartulaire de l'abbaye de
Notre-Dame d'Ourscamp.

La Brasserie Mayer est de celles, forcément,
où l'on parle de tout, et l'on en parle à son aise,
à opinions déboutonnées, car chacun y est comme
chez soi. Entre dix heures et minuit, c'est un
tourbillon d'idées politiques, philosophiques, lit-

téraires, religieuses, artistiques. On ne sait à
laquelle entendre et surtout répondre, car elles
se croisent, se choquent, s'entrelacent avec une
incroyable rapidité.

On s'interpelle ; on se jette, esprit et corps per-
dus, dans le feu des discussions. Mais rassurez-
vous : tout s'arrange par de cordiales poignées
de mains, quand la patronne de l'endroit a crié, à
trois ou quatre reprises, avec son accent alsacien :

— Allons, messieurs, il est *ménuit et temi !*

C'était Thérion qu'il fallait voir se démener au
milieu de ces querelles. Je vous l'ai déjà présenté
au café Voltaire. Depuis ce temps le réfractaire
échevelé avait pris de la tenue ; il était toujours
rasé de frais, presque lissé, et passait le petit
peigne dans la moustache qui se rebroussait sous
son nez épanoui.

M. de Broglie, pour qui il avait une singulière faiblesse, n'a pas plus de soin de sa personne ducale.

Malgré ses opinions légitimistes et sa foi catholique qu'il continuait d'afficher en toute occasion, je le soupçonnais de n'être au fond qu'un
sceptique, engagé trop avant, par ses premiers
pas, pour reculer plus tard.

Au commencement de l'avant-dernier hiver, il

était revenu, sans enthousiasme, de la cour de
Vienne où il avait été, pendant un an, le précepteur des neveux de François-Joseph.

Il mourait en mai dernier, épuisé par ses anciennes misères plutôt que par la bronchite dont il
se plaignait, et réclamé bruyamment comme un
des leurs par les journalistes ultramontains.

Ils avaient raison, sans doute, quoique Thérion
ne se fût jamais montré, la plume à la main, un
bâtonniste de l'arche.

Mais alors on a le droit de s'étonner, quand
une souscription est ouverte depuis six mois pour
lui donner une tombe modeste, que la générosité
des catholiques de l'*Univers*, du *Monde*, de la
Gazette, de l'*Union*, ne puisse être cotée qu'à
vingt-cinq francs.

Thérion avait introduit à la Brasserie Mayer
son ancien compagnon de bohème, Jules Vallès,
qui y fréquentait beaucoup, du temps qu'il était
candidat de la misère à Bercy. A l'heure d'agonie
sanglante de la Commune, Vallès, recherché,
poursuivi, y fit tenir une lettre au catholique
exaspéré par l'arrestation et l'exécution des
otages. Il lui demandait de le cacher chez lui, où
personne ne soupçonnerait son existence. Thérion
demeurait impasse Vavin.

« Mais, malheureux! — répondit-il, — tu ne sais donc pas que tes amis, en faisant sauter la poudrière du Luxembourg, ont eux-mêmes à moitié détruit le refuge que tu espères? »

Et pourtant, si Vallès est aujourd'hui charbonnier à Londres, je crois qu'il le doit un peu à Thérion, qui, en ces circonstances, pratiqua un autre Évangile que celui de M. Veuillot.

Quelques mois auparavant, un petit homme, voûté, recroquevillé, râpé, mais propret, l'œil perçant, la démarche inquiète, entrait de temps en temps à la brasserie, le soir, vers dix heures. Il allait jusqu'au comptoir, y remettait un billet cacheté, à l'adresse d'un client passager de cette époque; puis, il regagnait la porte, sans s'arrêter autrement. Ce mystérieux personnage se nommait... Blanq

Georges Duchêne aussi est venu là, et souvent. On chuchotait autour de lui; d'aucuns accusaient l'ancien collaborateur de Proudhon, sinon de trahir le parti républicain, du moins de prêter son talent d'écrivain et d'économiste aux hommes de plus d'un parti, il allait à l'abandon à peu près complet où il est mort à la Ville-Évrard, le mois dernier.

Ce pauvre Kitzinger, ex-rédacteur du *Journal*

de Colmar et du *Journal de Lyon*, qui s'est récemment étranglé dans sa chambre, se partageait
entre la Brasserie Lang et la Brasserie Mayer.
Quelqu'un, qui l'a beaucoup connu, me disait de
lui : « Français par le cœur, Allemand par l'esprit, il n'avait jamais pu, depuis la guerre, se
mettre d'accord avec lui-même. Dans le suicide
il a cherché le repos. »

Puisque je suis en train d'enregistrer le nom
des morts qui, vivants, ont passé ici, je dois marquer le souvenir de Thorigny, le dessinateur qui
a aidé à la fortune de plus d'un journal illustré.

Fort heureusement, la bière coule encore pour
son confrère, le brave Lix, que vous rencontrerez souvent à la brasserie de la rue Vavin. A cette
autre table, voici la moustache du peintre Henner
et la barbe blonde de Kreisler, dont le pinceau
fait si fraîchement éclore les fleurs sur la toile et
y réussit merveilleusement les natures mortes.

Des sculpteurs ? Attendez : Delaplanche est là.
Falguières va entrer.

Je vous ai dit que la musique y avait aussi sa
note ? Demandez-la au chanteur Bonnet.

Tout ce monde, en général, se tient dans l'arrière-salle.

La salle d'entrée est moins agitée, plus silen-

cieuse. Ne sortons pas que je vous y aie fait remarquer ce solitaire qui, tantôt les mains croisées sur les genoux, tourne infatigablement ses
pouces, tantôt bat avec les cinq doigts un petit
roulement des plus vifs sur son crâne, comme
pour faire monter la pensée à quelque assaut
mystérieux. Vous le verrez là jusqu'à dix heures,
les yeux baissés sous les lunettes, les lèvres sans
cesse entr'ouvertes à des paroles que lui seul
entend.

C'est un disciple de Buchez : M. Ott, un de ces
songeurs laborieux qui méditent avec une admirable conscience, pendant des années, le livre ou
la brochure que ce qu'on appelle le public ne
connaîtra jamais. Cent personnes au plus liront
ces pages si longuement pensées et pesées, et
leur auteur estime que cela suffit pour sa ré-
compense.

Un homme comme celui-là est le dernier des
sages ; c'est, comme disait Thérion, Socrate à la
brasserie !

XIX

CAFE TORTONI.

J'ai rencontré, tout à l'heure, sur le boulevard des Italiens, un *visage* de collège (camarade serait trop dire), un gommeux de la plus belle pâte, ridiculement prétentieux de ton, de manières, d'habitudes, mais qui me fait l'honneur de suivre la série des *Cafés de Paris*.

— C'est drôle, me dit Narcisse (ce niais s'appelle Narcisse), c'est très-drôle, vos *machines*. Mais vraiment, mon cher, ajouta-t-il avec ce coup de manchettes qui est représenté à la Chambre par M. Paul de Cassagnac, vous vous...

— Ayez au moins le courage de votre opinion.

— Vous comprenez?...

— J'achève pour vous : « Vous vous encanaillez! »

— C'est à peu près cela...

— Tout à fait cela, chevalier du boulevard.

17

Parler brasserie, fi donc! Montrer des gens qui
n'ont pas la tête enveloppée dans le faux-col
comme un bouquet vulgaire dans son papier, et
qui ne portent pas des pantalons en pieds d'é-
léphant? Horreur, suprême horreur, n'est-ce pas?

— Vous exagérez ma pensée, parole d'honneur!

— Oh! il ne faut jurer de rien.

— Si, mon cher. Mais enfin vous négligez les
grands cafés, les cafés célèbres, légendaires du
boulevard.....

— Un instant, ô Narcisse! Quand Napoléon Ier
sortait des Tuileries, il ne chevauchait jamais à
la tête de son état-major, et les archevêques
marchent à la queue des processions. Je ne vois
donc pas pourquoi les endroits auxquels vous
faites allusion, se plaindraient d'arriver les derniers dans mon défilé de cafés. Ils sont plus ou
moins légendaires, je le sais bien; il en est même
qui ont un côté historique, comme *Tortoni*, devant lequel nous causons.....

— Raison de plus; il doit y avoir des *bouquins*
là-dessus?

— Sans doute.

— Eh bien, vous n'avez qu'à fouiller dedans
pour y prendre ce qu'il vous faut!

— Oui, bon Narcisse, comme vous, au collége, dans la version du voisin. Voilà précisément ce que je ne fais pas.

— Mais, alors, comment saurez-vous?

— On sait toujours beaucoup de choses, lorsqu'on n'a parlé, pendant plusieurs années, que des anciennes filles de chambre triomphantes, des vieilles drôlesses exotiques, des jeunes bourgeois imbéciles, qui se tuent pour elles, et des princes qu'elles traitent, à peu près, comme elles ont entendu traiter autrefois leurs pères, les laquais ou palefreniers.

— Oui, reprit Narcisse embarrassé; mais vous parlez d'un côté historique.

— Après? Est-ce que l'histoire des soixante dernières années ne s'apprend pas surtout en causant?

— Et Tortoni appartient à l'histoire? Si nous y entrions? Vous me conteriez cela.

Il m'avait pris par le bras et montait déjà le perron. En somme, c'était mon sujet que j'allais traiter avant de l'écrire : besogne à moitié faite.

Je suivis, et j'indiquai le salon du fond, sur la gauche.

— Asseyons-nous là, dis-je, dans ce qu'on appelait « le petit salon bleu de M. de Talleyrand ».

— Bleu? bleu? répétait Narcisse, en regardant autour de lui.

— Sans doute il ne l'est plus. D'autres couleurs ont fait leur temps depuis cette époque. Tout se replâtre ; tout se reteint ou se repeint. Et pourtant, j'ai, moi-même, connu encore la tapisserie bleue traditionnelle, d'où l'on croyait voir se détacher toujours la tête de Talleyrand.....

— C'est de l'homme aux bons mots que vous parlez?

— Oui, ignorant Narcisse ; c'est de l'homme de quelques bons mots, qui ont fait beaucoup de petits, et de l'homme qui n'a eu de principes que dans ses mots. Il ne boitait pas que de la jambe, M. de Talleyrand! Seul, ici, à cette place discrète, d'où, par cette fenêtre de la rue Le Pelletier, il pouvait, d'un regard oblique, voir fourmiller le boulevard de Gand, comme il devait cruellement sourire parfois à l'aspect de cette foule, qui n'était que le jouet des maîtres dont il avait tenu ou tenait encore tous les fils !... Mais je comprends que Talleyrand ne vous intéresse guère, ajoutai-je, en m'apercevant que Narcisse mettait toute son attention à tailler en aiguille une glace panachée...

— Comment donc, cher ami !

— Passons, tout en restant dans le monde politique! Douze ans plus tard, un petit homme, très-jeune encore, vif, frétillant, redingote serrant la taille, pantalon clair, à larges sous-pieds cousus, bottes vernies au pinceau, et fouettant élégamment bottes et pantalon de sa cravache, descendait de cheval, — un cheval blanc, — tantôt sous cette fenêtre, tantôt devant le perron même de Tortoni. Le temps de prendre une glace, et il se remettait en selle. C'était M. Thiers à trente ans, et pressé d'arriver.

— Eh quoi! M. Thiers élégant, M. Thiers de la haute fashion?

— Absolument, et à la dernière mode! Vous avez, au moins, un moyen de lui ressembler.

D'un geste, je réprimai l'envie de répondre une bêtise, qui démangeait mon interlocuteur, et je continuai :

— Mais celui qu'on nommait, en son temps, « le roi de la mode », le comte de Montrond trônait à Tortoni. Au reste, qui n'a pas monté ce perron? Si Montrond était le roi de cette chose bête, la mode, le comte d'Orsay a été mieux que cela : le roi de l'élégance, qui, elle, ne s'emprunte ni ne se donne, parce qu'elle ressort de la grâce, qui existe ou n'existe pas. D'Orsay sau-

tait souvent du tilbury, qu'il conduisait lui-même,
pour déjeuner ici. Avez-vous quelquefois déjeuné
à Tortoni?

— Non, me répondit Narcisse, que ma courte
théorie sur l'élégance avait fait grimacer. Mais
vous me paraissez plein d'enthousiasme pour le
comte d'Orsay, qui, d'après le peu que j'en ai
entendu conter, m'a toujours produit l'effet d'un
poseur. Avait-il naturellement tant d'élégance
que ça?

—Narcisse, page de la mode de 1876, écoutez
ceci! Un matin, à Londres, un ancien tailleur du
comte d'Orsay se présenta, humble et consterné,
chez lui. Cet homme avait tout perdu, était ruiné,
n'avait plus de quoi étoffer ses rayons vides.

— Ne vous reste-t-il absolument rien chez
vous? demanda d'Orsay. Cherchez bien; j'y pas-
serai.

Et, dans l'après-midi, le tailleur ne pouvait lui
montrer qu'une toile à matelas assez vulgaire, qui
était tout le fond du magasin.

— Achetez toutes les toiles pareilles que vous
pourrez trouver chez les principaux tailleurs de
Londres, — dit le comte, en jetant sa bourse, et
faites-moi tout de suite un habillement complet
avec celle-ci!

Stupéfaction ! Mais on ne raisonnait pas avec un tel client.

Deux jours après, d'Orsay paraissait à Hyde-Park, campé sur les coussins de son tilbury, avec ce vêtement bizarre, auquel il donnait l'air d'une simplicité, autant que d'une originalité, du meilleur goût.

Vous comprenez le reste, je suppose? La fashion se mit à la recherche de cette toile à matelas, accaparée par le tailleur du comte. Et, en quarante-huit heures, le commerçant, ruiné jusqu'à sa dernière pièce de coutil, avait rétabli ses affaires et était sur le chemin d'une fortune vertigineuse. Vous avez un tailleur, Narcisse ; qu'il tombe aussi bas, et essayez de lui faire commander seulement un costume, en vous promenant, par les Champs-Élysées, avec des carreaux d'arlequin sur le dos !

Mais revenons à Tortoni.

C'est dans ce salon même, portes closes, que deux témoins du comte d'Orsay arrêtaient une rencontre avec ceux de je ne sais plus quel lion plus banal de l'époque.

La cause du duel avait éclaté à la fin d'un dîner, au Café Anglais, où les têtes étaient échauffées par le château-laffitte et le champagne. La

religion elle-même avait été mise sur la nappe,
au dessert, et le lion avait traité la Vierge aussi
légèrement qu'une figurante de l'Opéra.

— Vous me rendrez raison de ces paroles ! dit
le comte.

— Ah ! par exemple, vous voilà bien puritain
et bien catholique, après le champagne !

— Non pas, répliqua d'Orsay, mais la Vierge
était une femme, et je n'ai jamais laissé insulter
une femme, ni la mémoire d'une femme, devant
moi !

Soyez aussi élégant jusque dans vos querelles ;
aimez les arts, comme d'Orsay, qui, lui-même,
sculptait, et vous serez un être intelligent, et un
homme d'esprit.

— Je vous parlerais, repris-je, du monde littéraire qui a colloboré à la réputation de Tortoni,
si je ne craignais de vous ennuyer.

— Vous ne m'ennuyez pas, s'écria Narcisse,
d'autant plus que vous me fournissez, pour mon
cercle, un sujet de conversation.

— Vous êtes trop bon. Eh bien ! connaissez-
vous le nom de M. de Jouy ?

— De Jouy ??...

— Je ne vous en veux pas ; d'autres que vous
ont oublié ou n'ont jamais su le nom de l'auteur,

— entre autres ouvrages, — de l'*Ermite de la Chaussée d'Antin.*

— De la Chaussée d'Antin ? ce doit être inté-ressant.

— Essayez de le lire ! Cet immortel... de l'A-cadémie a été, jadis, un habitué de Tortoni. Et Lacretelle ?

— Lacretelle ? Je crois que je le connais en-core moins.

— Vous avez tort. C'est ce vieillard, un régu-lier aussi de ce café, qui écrivait à un jeune oisif : « Donnez-moi vos vingt ans, si vous n'en faites rien. »

« Mais il vous semble, n'est-ce pas, que je fais un cours d'histoire ancienne ? Soyons plus con-temporains. Le docteur Véron (ce nom doit vous revenir : votre père lisait tout haut, dans votre enfance, le *Constitutionnel*), Véron, directeur aussi de l'Opéra, échappait parfois à Sophie, son cordon bleu, pour venir prendre le café à Tortoni. Un de ses successeurs, Alphonse Royer, s'est assis au perron jusqu'à la fin de sa vie, et voilà seu-lement trois ou quatre ans qu'il est mort.

« Il y a encore une douzaine d'années, on y voyait tous les jours Gaiffe, — le beau Gaiffe, comme on l'appelait, — fleur du journalisme,

que plus d'une bonne fortune avait épanouie.
Vous n'aurez jamais les succès de Gaïffe, Narcisse, malgré vos cœurs de gilet et vos pieds
d'éléphant de pantalon ! Il n'effaçait pas, pourtant, Henry de la Madelène, à la chevelure
apollonienne encore, à l'œil rêveur d'antilope.
Pauvre la Madelène ! Malade, épuisé aujourd'hui,
et les yeux barricadés de lunettes ! Que sera-ce
bientôt, Narcisse, des fausses lueurs qui veulent
être un éclat ?

« Albéric Second, aux formidables moustaches,
s'étalait naguère à la terrasse, en long et en
large, comme un prince de la Chronique dont le
règne était passé, mais qui savourait le souvenir
des beaux jours. Il ne pouvait évidemment aspirer à l'Académie : il a été décoré sous l'Empire.
C'était fini. Les croix ne portent pas toujours
bonheur. Albéric a, dit-on, le culte de l'amitié, et
il tient compagnie, à cette heure, à Xavier Au-
bryet, qui, sur son fauteuil, du fond de sa chambre, se rappelle, avec lui, les moments de la soirée
passés à Tortoni.

« Tenez, voici Aurélien Scholl, le monocle
à l'œil, Scholl, sans qui il manque à la vie du
boulevard des Italiens son moraliste railleur,
qui en connaît le fond et le tréfond, et la juge

d'un mot, d'un pli de lèvres ou d'un sourire.

— Un impertinent qui me déplaît fort ! s'écria Narcisse.

— Soyez sûr que vous lui déplaisez davantage !

Et maintenant, une question : Avez-vous vu, à quelque exposition, publique ou privée, des tableaux du peintre Manet ?

— Parbleu ! je n'ai vu qu'eux. Qu'est-ce que c'est encore que ce rapin-là ?

— C'est cet homme, correct jusqu'à l'élégance, tête fine, aux yeux bleus un peu encavés, à barbe blonde, que vous avez, certainement, remarqué plus d'une fois, en passant, avant l'heure du dîner, sur le trottoir de Tortoni. Un mondain, plus que vous, et un chercheur dans son art, — ce que je ne perdrai pas mon temps à vous expliquer.

— Mais vous ne me parlez pas d'Albert Wolff, qui vient ici, et que j'ai souvent rencontré au cercle ? Vous souriez ? Mais je vous l'assure.

— Je n'en ai jamais douté.

— C'est que je le connais «très-intimement !»

— Ne dites donc pas de sottises... Mais vous me rappelez qu'il y a onze ans, Tortoni a eu, sur son perron, M. de Bismark, le compatriote de votre ami Wolff, et un autre homme que lui.

« Au reste, toute l'Europe, en visite à Paris, a passé là. Les princes, rappelés d'exil, y ont repris pied. J'y ai vu, un soir, dans le petit salon d'entrée, à droite, dont on a, depuis, enlevé la cloison, le duc de Nemours et son neveu le comte de Paris.

« Avouez que je n'ai pas seulement de la mémoire et des yeux pour les endroits plus modestes, dont vous me reprochiez la peinture en commençant. »

Je m'étais levé ; Narcisse me quitta et s'éloigna rapidement pour aller à son cercle. Moi, je m'empresse d'écrire cette conversation, pour mettre au net ce qu'il a dû furieusement embrouiller.

XX

CAFE DIVAN DE L'OPERA.

A Charles Monselet.

Monselet, aimable curieux des choses folles du
Carnaval (encore un défunt que nous avons en-
terré !), te souviens-tu du *Divan de l'Opéra?*

Ah ! nos roses se sont effeuillées, Monsieur de Cu-
pidon ; les couronnes du plaisir se sont détachées
de nos fronts, au vent du malheur. Qu'elles
étaient innocentes, pourtant, comparées à d'autres, qui avaient eu la présomption de mêler à
l'or éclatant le vert du laurier vainqueur !

N'importe ! Laisse-moi te prendre le bras, à
l'entrée de ces galeries de l'Opéra où la *copie*
seule, te ramène ; dont l'horloge sonne minuit
avec le tintement d'un glas, dont le thermomètre
ne marque plus de température, depuis que celle
de la gaieté et de l'ivresse ne l'échauffe pas !

18

Viens ! Nous allons mesurer, à petits pas, le passage, presque désert aujourd'hui, où, malgré certaines sévérités, les parfumeuses règnent encore, en chevelures luisantes et en costumes sombres, nous rappelant les trois jolis vers de Musset :

> Je rayonnerais sous ma tresse brune,
>   Comme un clair de lune
>   En capuchon noir.

De toutes manières, avouons-le, ce ne sont, généralement, que des clairs de lune, et il serait trop galant à nous de parler de soleils couchés.

Allons, il vaut mieux entrer, pour nous souvenir et causer ensemble, au *Café divan de l'Opéra*. De l'ancien Opéra, plus trace ; mais le café existe toujours, et son divan est encore plus moelleux que d'autres, rembourrés, à ce qu'on croirait, des noyaux de cerises de nos déjeuners.

Si tu veux, pourtant, nous nous réfugierons dans un de ces cabinets du fond, qui ont vu passer tant de gens, et, s'ils pouvaient avoir un écho, nous rediraient tant de choses. Bah ! nous serons bavards pour eux, et ils ne nous en voudront pas, car ils me paraissent s'ennuyer furieusement aujourd'hui. Eux, réduits à l'état de cabinets de débarras ? Ingratitude et oubli !

Ne vois-tu pas encore, dans celui-ci, Fioren-
tino, buvant, chaque jour, le madère, avant dîner !
Raide, dans sa redingote noire, le cigare entre
deux doigts de la main droite, un journal de la
main gauche, d'autres devant lui, sur la table,
œil noir et tête pâle d'Italien, avec la moustache
fine et la barbe bouclée des gens de sa race,
carré de la poitrine, solide sur les hanches, souple,
avec tout cela, et prêt à manier l'épée, plié en
deux, le bras gauche sur le front, attendant la
seconde de l'élan favorable, comme les *tireurs* de
son pays, ai-je besoin de te le peindre ?

Le silence de cet homme était lui-même
une hypocrisie, une menace, un danger. Journaliste ? Nous ne lui nierons pas cette qualité.
Mais capable de déshonorer sans fin le journalisme, avide, avare, faisant taire sa conscience
devant l'intérêt, rufian de plume élégant, à qui
l'on a accordé l'honneur du duel, et qui ne méritait que la bastonnade à fond de train, jusqu'à la
gare de Lyon.

Te rappelles-tu qu'il n'a jamais pardonné à
Roger, le ténor, de ne lui avoir pas offert un ob-
jet d'art qu'il avait vu chez lui, et qu'il avait témoi-
gné le désir de posséder? Mais, fatalement, d'une
façon ou de l'autre, tout a sa fin, même l'infamie.

Au reste, qu'est-ce que je conte là? Toi, mon
aîné, tu m'apprendrais plus d'une coquinerie,
que j'ignore, de ce Napolitain, qui avait droit
d'exécution dans nos théâtres, et droit de cité
chez nous.

Paul de Saint-Victor, qui a le dandysme de
la réserve, et qui ne s'affiche pas souvent à une
terrasse de café, se reposait parfois ici, quand il
quittait sa retraite de la rue Grenelle-Saint-Ger-
main, ou du passage Sainte-Marie, pour venir en
ce quartier. L'œil rond, sous le sourcil en accent
circonflexe, il méditait un article sur Shake-
speare, à propos d'un drame de d'Ennery. Que
n'as-tu la même marge au *Monde illustré!* Tu
pourrais esquiver toutes les platitudes, après lesquelles nous serions heureux de prendre l'arrêté
suivant : *Interdites pour cause de salubrité
littéraire.*

Un habitué régulier, c'était Faure, la basse
Faure, qui s'asseyait sur le divan de la salle, et
sans qui il semble que tout va de mal en pis, dès
qu'il menace de s'enfuir. Je ne suis pas sûr qu'il
n'ait point fait, certains jours, baisser le cours
de la Bourse. Aussi l'ai-je toujours regardé, très-
étoffé et très-correct de mise, la tête solennelle,
avec l'étonnement que doit causer un homme de

cette importance, quand je ne l'écoutais pas avec
l'attention que mérite un chanteur de son talent.
Mais, entre nous, jamais ministre, que dis-je? jamais ministère n'a mené tant de bruit, à la veille
d'une démission !

Nous en sommes, jusqu'ici, aux calmes souvenirs. Mais les soirs de Carnaval, les soirs de bals
de l'Opéra, il faut pourtant en évoquer la mémoire !

Quelle foule, quelle cohue dans ce Divan de
l'Opéra ! Quelle orgie de dominos et de mousquetaires, de pierrettes et de pierrots, de nourrices
et de débardeurs ! Quel froissement d'habits noirs,
et quelle tempête de jupes empesées!

Et le punch s'allumait, flambait, ruisselait; il
faisait pâlir le gaz : il devenait le feu sacré de la
nuit qui commençait. Ah! comme on s'apprêtait
à doubler ce que tu appelles « le cap du Dimanche » ! Et on le doublait d'autant plus tranquillement, qu'après cet ouragan de folie, tous les pas-
sagers étaient endormis.

En attendant, la joie, à tous cris, menait et
surmenait son train. J'ai entendu, ici, Alice la
Provençale dire à Rigolboche :

— Tiens-tu ! Le domino qui m'accompagne est
un prince régnant.

18.

— Très-bien! Je vais te le découronner!

Et, d'un hardi coup de jambe, lancé au-dessus de la pointe des cheveux, la cynique drôlesse saluait l'Altesse qui lui était présentée.

N'étais-tu pas là avec Beauvoir, Alphonse de Polignac, d'autres que j'ai oubliés, le soir où la grande Polonaise, blonde superbe et créature bizarre, demanda un bol pour boire le punch, et, le tenant à bras levé, lança le toast en vers, étranges, enflammés, note d'un temps, dont j'ai pris copie, et que je retrouve à point dans mes papiers?

A vous, frères, amants des beautés criminelles,
Qui cherchez les secrets divers de voluptés,
Et qui, pour reposer vos esprits indomptés,
Vous repaissez les yeux de nos formes charnelles !

A vous qui, retombant de vos cieux inconnus,
Pour suivre en leur chemin les grandes vagabondes,
Roulez vos fronts pensifs dans leurs crinières blondes,
Ou les couchez, brûlants, sur leurs seins frais et nus.

O poëtes ! à vous ! Nous sommes vos semblables.
L'air du pays natal était trop pur pour nous,
Et nous avons quitté le foyer calme et doux,
Pour la cité malsaine aux foules innombrables.

Nous rêvions l'avenir superbe, éblouissant,
Comme un gai paradis de fleurs et de lumières,
Ou, parmi les beautés, nous serions les premières
Et ferions un nectar des larmes et du sang.

N'avez-vous pas aussi rêvé toutes ces choses?
Vous autres, vous croyiez que le génie est roi,
Que la Gloire et l'Amour en subissent la loi,

Et qu'il vous réservait les lauriers et les roses.

Nous pensions voir, soudain, princes et grands seigneurs
Dérouler sous nos pas des tapis de richesses ;
Vous espériez qu'un jour, des plus fières duchesses,
Au rhythme de vos vers, s'amolliraient les cœurs.

Dans la haute mansarde, où regarde la lune,
Témoin, pâle et muet, de nos ambitions,
Où l'étoile sourit à nos illusions,
Nous avons, à vingt ans, invoqué la fortune ;

Et depuis, et partout, du hasard ballottés,
Montant et descendant la vague qui nous roule,
Et tantôt, émergeant du sein noir de la foule,
Et tantôt, replongeant dans ses obscurités ;

Dans les sombres réduits, où toute fleur se fane,
Dans les salons dorés, sous les lustres en feux,
On a pu retrouver, enlacés deux à deux,
Martyrs calomniés, poëte et courtisane.

Ainsi se suivront-ils jusques au dernier jour.
Compagnons du destin, je bois à vous, poëtes !
Puissions-nous, tous, mourir, un de ces soirs de fêtes,
Où le feu du plaisir nous fait croire à l'amour !

Mais tout cela est loin, bien loin. Les lumières
de ces soirs et de ces nuits sont éteintes. Le Café
divan de l'Opéra, emporté par le courant changeant du goût, s'appelle même, aujourd'hui, *Café-
Brasserie ;* et je ne m'en plains pas. Nouveau nom
oblige, et nous y buvons de la bière que nous ne
trouverions pas chez plus d'un voisin.

Au reste, ne nous plaignons en aucune manière. Ne sont-ce pas tes collaborateurs, mon
cher Monselet, qui s'emparent de cette table de

la salle, sur notre droite? Regarde plutôt : voici
Étiévent, le crépu, qui s'inquiète de sa mise en
page, Émile Debau et Paul d'Orcières, qui rêvent
Assemblée et tribunaux, discours à effet et causes
célèbres.

Chut! Ne les troublons pas dans leurs bonnes
intentions, ces jeunes gens!

Tu me demandes quelle langue on parle, de
l'autre côté, parmi les habitués assis sous ce
paysage turc? Puisque tu n'y entends rien, ni
moi non plus, tu dois être renseigné; c'est la
langue à chiffres de la Bourse. Où peut-on être
mieux pour conduire avec calme, et à proximité
du champ de bataille financier, ses opérations?
D'autre part, où serait-on plus à l'aise pour rani-
mer ce passé, dont les détails se tordent encore
dans notre mémoire, comme le sarment, après la
flamme morte?

On pourrait écrire au-dessus du divan de l'O-
péra : « Ici, l'on rêve; ici, l'on cause. » Rêver et
causer, deux choses rares de notre temps, mais
auxquelles nous revenons, nous autres, les incorrigibles de la curiosité et de l'épanchement.

XXI

LE BOULEVARD DES ITALIENS. — CAFES DISPARUS. LE CAFE RICHE.

N'êtes-vous pas surpris, en passant sur le boulevard des Italiens, du nombre des cafés qui, en quelques années, ont disparu?

Plus de *Café du Grand-Balcon*, rendez-vous des buveurs de bière délicats et des élégants amateurs de billard. Feu le chanteur Bataille était un des fervents. Quels billards, du reste, et bien faits pour dérouter les joueurs à tour de bras et les *raccrocheurs* de points des petits billards à élastiques d'estaminet! Un peloton d'infanterie eût pu manœuvrer entre ses quatre bandes de lisières.

Et, en face du Grand-Balcon, le *Café Grétry*, qui, malgré son nom, n'avait pour habitués que les hurleurs de la petite Bourse?

Et, à côté du Café Grétry, le *Café de Paris?*...

Je ne parle pas de l'ancien, bien entendu, de celui dont le docteur Véron caresse le souvenir, avec toute la reconnaissance du ventre, dans les *Mémoires d'un bourgeois de Paris*, et que, pas plus que moi, peut-être, vous n'avez connu.

Non ; c'est du Café de Paris qui faisait l' angle du boulevard et du passage de l'Opéra, galerie de l'Horloge, et qu'on appelait *Café Leblond*, avant que Grosse-Tête eût pris la direction de l'établissement.

Là, déjeunaient des journalistes, mêlés à des coulissiers, et Villemessant, ce flaireur de l'opinion boulevardière partout où elle se manifeste, y venait déterrer la critique que le dernier courtier marron laissait tomber à propos du *Figaro*, dans son filet aux truffes.

Une fois par semaine, — le vendredi, si j'ai bonne mémoire, — le nombre des dîneurs du Café de Paris était doublé. Grosse-Tête avait imaginé de servir, ce jour-là, à tous les gobes-sauces de sa clientèle l'huile et le safran d'une bouille-abaisse. Certaines gens croyaient original d'en avoir plein la bouche, dans leurs conversations culinaires, pendant toute une semaine : cette soupe provençale était de mode courante et de haut goût. J'ai vu des malheureux qui n'arrivaient pas à dissimuler leur grimace devant la cuiller, et qui n'en retournaient pas moins barboter dans une assiette de bouille-abaisse, chaque vendredi.

Le soir, en hiver surtout, on y soupait furieusement. Les cabinets étaient autant de parcs aux huîtres, et ce n'était pas les innocentes qu'on mangeait, qui avaient des perles.

Il y a quatre ans passés, au commencement du printemps de 1872, le Café de Paris avait compté son dernier hiver. La salle du boulevard avait ses jours d'existence, et déjà, dans le petit salon du passage, on distinguait, à travers les vitres, un groupe de visiteurs qui ne *consommaient* pas.

N'allez pas croire, cependant, qu'un syndicat de faillite s'y était installé. Il s'agissait d'autre chose : le Café de Paris était près d'une transformation inattendue.

En ce temps-là Loulou-Gaudissart avait enfin trouvé le tremplin qu'il cherchait pour exécuter des sauts plus variés qu'étonnants. Ce bredouilleur tranche-tout avait alors le radicalisme représententé, à sa droite, par le ventre de Chavette, et, à sa gauche, par la trogne de Flor O'Squarr, deux républicains de la veille... du *Figaro* et du *Gaulois*.

Loulou disait, à cette époque :

— Il faut sans doute suivre Gambetta, mais à distance : Gambetta pourrait, à certain moment, nous mener trop loin.

Léo Lespès entrait dans le petit salon de Grosse-Tête en disant :

— Je ne sais si vous me connaissez, monsieur ? je suis Timothée Trimm.

— Ah ! monsieur, s'écriait le nouveau Gaudissart, avec son plus beau geste, les bras étendus, qui ne vous connaît pas en France, et je pourrais ajouter en Europe ?

C'est un joli « bénisseur » que Loulou ! Quelque temps après, goupillonnant M. Thiers de toute la force de son poignet, il s'était installé dans la salle du Café de Paris, en s'y ménageant une retraite, séparée du reste par une cloison ouvragée, à hauteur d'homme et demi, qui rappelait celles des brasseries et donnait envie de crier :

— Garçon, un bock !

' Une collection de camouflets décida Loulou-Gaudissart à agrandir ses cabinets réservés et à se transporter à l'entresol, où le politique timide, autrefois effarouché par Gambetta, trempe dans un bénitier d'or le goupillon dont il asperge le radicalisme d'Alfred Naquet...

Jusques à quand ? Nous vivrons, je l'espère,

assez de temps pour l'apprendre ; et j'aurai plaisir, alors, à conter en détail l'histoire de ce successeur de Grosse-Tête.

Nous arrivons au *Café Riche*.

Il y a longtemps déjà, quand la Maison-d'Or
actuelle se nommait le Café Hardy, et que le
patron mettait sur un gril d'argent, dans la grande
cheminée de marbre, et devant ses clients, la
côtelette que ceux-ci désiraient manger, on disait, à ce qu'on m'a conté :

— Il faut être *riche* pour dîner au café *Hardy*,
et très *hardy* pour dîner au café *Riche*.

En somme, cette dernière maison doit beaucoup
aux chroniqueurs, comme la première aux romanciers. Auguste Villemot et Albéric Second
l'appelaient le Café *Iche*, avec un entrain qui
doublait son succès parmi les gandins, monde
qui, malgré ses prétentions à l'élégance, ramasse
tous les bouts de cigares de la plaisanterie, pour
se donner un semblant d'originalité dans la conversation.

D'autre part, le *Café Riche* avait une situation
superbe : la longueur de sa façade sur le boulevard des Italiens, son retour (côté du restaurant)
sur la rue Le Peletier, où était alors l'Opéra,
devaient contribuer à sa vogue autant que son

19

nom. Il n'est pas seulement placé pour être la terrasse des Parisiens, mais encore le plus commode, le plus vaste observatoire des provinciaux qui ont la fièvre de Paris et viennent, au moins une fois par an, se jeter dans son tourbillon.

Sans les compter, quelle mêlée de boulevardiers quotidiens aux tables de sa terrasse !

Dès quatre heures de l'après-midi, toute la rangée d'arrière est au complet. Une heure plus tard, vous ne trouvez même plus un coin de guéridon. Après dîner, des premiers beaux soirs du printemps aux derniers de l'automne, même aspect, même foule pressée. Il est des habitués de la terrasse de Riche qui, depuis près de vingt ans que je les ai remarqués, remplaceraient pour moi les meilleures horloges. S'ils ont varié de cinq minutes entre l'heure de l'arrivée et celle du départ, c'est au plus ce que je peux vous accorder.

Tous, par exemple, ne sont pas aussi brillants qu'autrefois. J'ignore si leur fortune tenait un peu à celle de l'Empire, mais j'observais, hier encore, que tel d'entre eux, qui faisait grande figure, se sauve à peine par un reste d'ancienne convenance. Et pourtant, il est toujours là ; il semble que le Café Riche n'existerait pas sans lui, et je crois, surtout, qu'il n'existerait plus sans le Café Riche.

En revanche, vous verrez souvent, à l'heure du vermouth, — à moins qu'il n'ait avancé jusqu'à Tortoni, — un vieux beau que l'âge et les événements n'ont pas changé. Si vous la lui demandez, il vous contera volontiers son histoire, à la façon de ce ramoneur, devenu millionnaire, qui répétait la sienne à tous ses visiteurs, en leur montrant la truelle de son premier métier au-dessus de la cheminée de son salon.

Notre homme n'était point ramoneur ; mais s'il n'était pas venu à Paris en sabots, — selon l'expression ordinaire, — il avait fait la route sans bottes comme celles où il peut se mirer aujourd'hui.

Il était entré petit commis dans une administration particulière... Il en est le directeur maintenant ; et, magnifique de tenue, sanglé dans sa redingote, le pantalon clair tiré sur les bottes vernies, les mains gantées de gris perle, croisées sur la pomme d'or ciselée d'un jonc fin, il dit avec aplomb :

— Ça ne va pas ! je n'ai fait que deux cent mille francs d'affaires, cette année.

Et c'est vrai.

C'est lui qui s'écrie encore :

— Savez-vous, monsieur, pourquoi j'ai réussi?...
Parce que j'ai toujours porté des gants.

Le pauvre homme !

Cet heureux parmi les heureux eut un matin
une fantaisie : il voulut fréquenter les journalistes
et les hommes de lettres ; il en rechercha la société. Seulement, il oubliait que tout ce qui veut
luire sous ces noms n'est pas or, et il s'était
laissé embobiner par un farceur, qui jouait avec
sa vanité comme le chat avec le peloton de fil.

Milord Gogo (quelqu'un l'appelait ainsi) paraissait aspirer, cependant, à de nouveaux bonheurs.
Il finit par s'en ouvrir à son confident.

— Oui, mon ami, disait-il, je connais maintenant les hommes de lettres, les artistes, les journalistes... Mais...

— Il vous manque quelque chose.

— Je vous l'avoue.

— Et quoi, s'il vous plaît?

— Ah ! mon cher, entre nous, j'ai un rêve qui
m'obsède : je voudrais connaître les femmes du
monde.

— N'est ce que cela?

— Oh! mais vous ne comprenez pas, peut-
être? Je parle des grandes dames...

— J'entends fort bien, et je me charge de votre affaire. Moi-même je peux vous présenter.

— Est-ce possible? Chez elles? Chez la princesse de M...? Chez la comtesse de P...?

— Naïf que vous êtes! Quel besoin de les voir chez elles? On voit, en effet, que vous ne les connaissez pas. Les grandes dames vivent en garçons, les trois quarts du temps, comme leurs maris. Une invitation à dîner, par un intermédiaire, avec quelques-uns de leurs familiers... Eh! que diable! de la part d'un homme comme vous, d'un millionnaire, cela suffit.

— Je ne peux y croire.

— Vous avez tort. Les choses ne se traitent jamais plus cavalièrement que dans ce monde-là. Vous m'avez nommé la princesse de M..., la comtesse de P...? Eh bien, quel jour voulez-vous dîner avec elles?

— Mais, cher ami, le jour où la princesse et la comtesse me feront l'honneur d'accepter.

— Alors, je les verrai demain... Où offrirez-vous le dîner?

— Où vous le jugerez le plus convenable. Chez Riche, — au Café Anglais...

— Permettez, mon cher, le Café Riche est trop

19.

fréquenté, le Café Anglais trop compromettant...
Je sais mon monde.

— Je vous en prie, décidez vous-même.

— Tenez, à Tortoni, par exemple. C'est discret
et de haut goût.

Trois jours après, la table du salon de Tortoni,
au premier étage, était chargée des fleurs les plus
rares, et les flambeaux étoilaient de leurs lumières
le surtout éblouissant.

De mémoire de chef de cuisine, pareil dîner
n'avait jamais été commandé dans ce café du
comte d'Orsay et d'autres viveurs du dandysme.

Milord Gogo était arrivé; des invités l'avaient
rejoint; il n'attendait plus que l'organisateur de
ce festin sans pareil. Et le mystificateur eut l'audace de paraître.

— Ah! mon cher! Ah! mon ami! je suis désolé!
Si vous saviez? une soirée imprévue aux Tuileries..

Milord Gogo devint pourpre; on craignit un
instant pour lui l'apoplexie; mais il se déchargea
en ce mot de belle dignité blessée :

— Monsieur, on peut se jouer de moi; mais on
ne me déshonore pas.

Après cette phrase, soulignée par un geste à la
Louis XIV, étudié à l'Ambigu, il s'assit, on dîna
et il paya.

Les froids et les pluies de l'hiver font rentrer tout le monde de la terrasse. Depuis plusieurs années, le Café Riche n'était plus assez grand. On a ouvert une nouvelle et vaste salle dont les habitués passent, pour y entrer, en laissant le comptoir à droite, dans cet angle de la première salle, d'où l'on a l'œil un peu partout.

J'ai parlé des chroniqueurs qui ont eu leur part dans la réputation persistante du Café Riche, comme Auguste Villemot et Albéric Second. J'aurais pu ajouter Aurélien Scholl, qui, tous les soirs, vers dix heures, va fumer un cigare dans la nouvelle salle ; je crois même qu'il lui arrive de tripoter bourgeoisement un domino. On n'est pas parfait, je le sais bien. Avec lui, aujourd'hui, notre confrère Émile Villemot, qui est parent de l'autre Villemot par le bon côté : par la finesse d'esprit.

J'ai noté le salon restaurant, sur la rue Le Peletier comme sur le boulevard ; mais je ne m'occupe qu'au passage des restaurants-cafés. Je dois dire, pourtant, que le mystificateur de Milord Gogo n'avait pas, sous ce rapport, une idée juste du Café Riche, où les membres les plus vertueux de notre Parlement dînent plus d'une fois, et où ils pourraient, sans crainte, faire dîner leurs femmes et leurs filles.

Cela semble singulier peut-être ; mais c'est vrai.

Ah ! quand minuit a sonné, par exemple, c'est une autre affaire ! Les soles-crevettes et la *sauce Riche*, — invention d'un chef de l'endroit, — font déboucher le vin de Bouzy rouge dans les cabi-.nets, et je ne veux exposer personne à faire, au dessert, sauter son chapeau par-dessus les lustres, — comme les bonnets argentés du champagne.

XXII

CAFÉ ANGLAIS. — CAFÉ AMERICAIN.

Café? Moins que tout autre établissement du boulevard, celui-là. Restaurant anglais serait plus juste, car on n'y prend le café et les liqueurs qu'à la suite du déjeûner, du dîner et du souper. Avez-vous jamais vu même un échappé de Londres se faire servir, entre repas, une bouteille de pale ale au *Café Anglais?*

Le nom seul de café marque son origine. Il a eu ses premiers beaux jours et ses premières belles nuits sous la Restauration, à l'époque où « nos amis les ennemis », comme chantait Béranger, continuaient à réjouir Louis XVIII en nous anglicanisant. Il a gardé cette décence extérieure qui plaît aux gens d'outre-Manche : pas de devanture large ouverte ; par de terrasse, surtout, avec tables et chaises offertes à tous passants ; non, cet établissement public a un air de *at home* qui est sa première élégance.

Roger de Beauvoir a eu le courage de dicter, avant de mourir dans son fauteuil d'hypertrophié, une série d'articles. publiés, dans un petit journal, recueillis plus tard en un volume, sous ce titre : « *Les Soupeurs de mon temps.* » De son temps, je n'en ai été que dans les dernières années ; ce qu'il m'avait souvent conté sur les habitués défunts du Café Anglais, je parle des plus célèbres, il l'a écrit, ou jeté plutôt dans un de ces éclats de rire qui laissaient croire que la mort reculerait sans cesse devant cette force de gaieté.

Après cela, je risquerais de paraître un simple vernisseur de portraits et un vulgaire pillard d'anecdotes, si je montrais M. de Saint-Cricq, avec son manteau à multiple collet, saupoudrant la salade de tabac d'Espagne, et ouvrant, en plein hiver, les portes du Café par un jeu, fort bien organisé, d'imperceptibles ficelles dont il tenait le bout à la main, sous la table qu'il occupait, tous les soirs, dans le petit salon de gauche. Je ne saurais refaire le Chocard qui y débitait d'épouvantables aventures, les siennes, s'il vous plaît, avec le ton du pourfendeur toujours prêt à s'allonger. Ironie des plus cruelles de la destinée ! N'est-ce pas cet implacable, ce terrible Chocard que deux misérables rôdeurs de nuit ont assommé pour une pauvre pièce blanche qu'il avait dans le gousset?

Pas très-amusants, en somme, malgré leurs fanfaronnades, leurs manies, leurs tics et leurs farces, ces premiers excentriques du Café Anglais.

Un peu plus tard, Alfred de Musset lui-même, cet endiablé des *Contes d'Espagne et d'Italie*, qui avait autour de son nom l'étincellement d'une réputation jeune et vive, ne s'y montrait pas plus gai. Il avait des histoires de revenants à faire frémir tous les naïfs, qui ne connaissaient pas le Musset mystificateur ; car ceux de nos contemporains qui ont reproché à Baudelaire ses mystifications n'ont, sans doute, jamais su à quel point le poëte élégiaque des *Nuits* poussait les siennes, quand un commencement d'ivresse fermentait en lui. Il est vrai qu'il pouvait être hanté de cauchemars byroniens, malgré sa fringante déclaration :

Mon verre n'est pas grand, mais je bois dans mon verre.

Il rêvait de *Lara*, de *Manfred* et du *Corsaire;* c'était là surtout ses revenants.

Alfred Tattet, son ami, Mecænas Tattet, souriait à ces sombres choses, lui, l'amphytrion des déjeuners de poëtes, des dîners et des soupers à coupes pleines qu'on couronnait de fleurs, comme chez les Grecs d'Anacréon, — lui, le fou qui, après ces fêtes aux flambeaux, s'en allait couper par ja-

lousie, la magnifique chevelure de sa maîtresse
endormie !

Les joyeux à cette époque, dans le monde de
la littérature et du plaisir mêlés, c'était encore
les sanguins, les musculeux et les plantureux, —
les retentissants Alexandre Dumas et les étourdissants Roger de Beauvoir.

Ah ! ce Roger, en a-t-il assez démonté, au Café
Anglais, de buissons d'écrevisses arrosés de vin
d'Aï ! Et avec quelle verve, au milieu de quelles
légèretés qui, même alors, n'étaient plus de son
temps ! A force de s'égarer dans les chroniques
du dix-huitième siècle, il était resté aux jours de la
Régence et rêvait d'en transporter les mœurs dans
les plaisirs de sa vie.

Un soir, il sortait, avec la comtesse Dash et
Barbey d'Aurevilly, de chez la marquise du Valon,
qui, à cette époque, tenait salon ouvert, pour le
monde élégant et fantaisiste, dans son appartement de la rue Royale, au-dessus de ce Café Durand
oùde graves députés mangent encore des côtelettes aux pommes en contemplant la Madeleine.

— Je suis sûr, ma chère vicomtesse, — dit
Roger à madame Dash, qui, par son mari, était
vicomtesse deSaint-Mars, — que vous ne recule-
riez pas devant un buisson d'écrevisses ?

— Vous n'ignorez aucune de mes faiblesses, répondit, en souriant, l'auteur de *Poudre et Neige*, qui avait, en effet, pour les écrevisses un appétit particulier.

— Et vous, d'Aurevilly?

— Moi? répliqua Barbey, en se campant le poing sur la hanche, sous le grand manteau espagnol qu'il portait, alors, été comme hiver. Ne suis-je pas homme à franchir tous les buissons?

— Eh bien, repartit Roger, prenons une voiture! Je vous emmène au Café Anglais.

Et les voilà, tous les trois, installés dans un cabinet, où de Beauvoir jeta au garçon un menu étourdissant, rouge et noir, truffes sur écrevisses, et ruisselant de ce Champagne dont il a bu des tonnes dans son existence de soupeur.

Coups de dents et coups de langue allaient avec entrain, et l'esprit fou, et le beau rire, et tout ce qui est l'assaisonnement intellectuel d'une partie intime, comme celle-là.

Tout à coup, Roger prête l'oreille au bruit du corridor.

— Ah! s'écrie-t-il, c'est la voix de cet excellent X*** que je cherche depuis quelques jours, sans pouvoir le trouver. Mais il n'est pas seul, le

gueusard! Permettez-moi de vous quitter un
instant. Affaire sérieuse.

Il avait pris son chapeau et était sorti avec une
rapidité d'ouragan.

Une heure se passe assez vite, remplie par les
escarmouches de conversation que d'Aurevilly, le
taquin, et la piquante comtesse Dash ont continué
à se livrer, je crois, jusqu'à la mort de celle-ci.

Puis, une autre heure s'écoule ; pas de Roger !
Barbey sonne, pour s'informer de ce qu'il est
devenu.

— M. Roger de Beauvoir? dit le garçon. Mais
voilà longtemps qu'il est parti avec la société du
cabinet voisin !

Madame Dash et d'Aurevilly se regardaient,
visiblement contrariés : restait l'addition du
souper, qui devait s'élever à un joli chiffre ; ils
pouvaient être pris au dépourvu. La note fut
pourtant réglée.

Le lendemain, Barbey voit, sur le boulevard,
Roger qui arrive à lui.

— Mon cher ami, dit, avec sa pétulance accou-
tumée, l'auteur du *Chevalier de Saint-Georges*,
je sais ce que vous allez me reprocher. Mais j'ai eu
tant de créanciers désagréables dans ma vie, que
j'ai voulu en trouver un aimable avant de mourir.

Malheureusement, toutes les situations ne se sauvent pas par des mots, et les huissiers l'ont durement fait comprendre à Roger de Beauvoir.

Quand les nuits joyeuses de l'Empire se furent allumées, comme pour en faire oublier la nuit sombre et sinistre, le Café Anglais devint la serre chaude de la fine fleur du libertinage, des boutonnières à camélias et des cœurs de robes à violettes de Parme. *Le Grand* 16 prit dans la chronique une place plus large que celle du cabinet ainsi numéroté ; le jeune duc de Grammont-Caderousse y régnait, comme l'Alcibiade — sans Socrate — de ce temps.

Tête pâle, à l'œil bleu fiévreux, sous une chevelure rouge insolente, ce bruyant étourdi était né, lui aussi, un siècle trop tard. Avec ses épaules étroites et son corps effilé, il ne pouvait avoir la poitrine et l'estomac d'un viveur à perpétuité. On le voyait, à la fin, sortir du fameux cabinet, pour éponger avec son mouchoir le sang qui lui venait aux lèvres, comme il faisait, quelques mois plus tard, dans une avant-scène du théâtre de Marseille, à la veille de son départ pour l'Égypte.

Au Grand 16, avec lui et après lui, quels gentilshommes de boulevard, que d'altesses de partout, que de petites et grandes dames de toute

célébrité ! N'est-ce pas là que des princesses et
des duchesses de l'époque impériale se trouvaient,
un soir ou une nuit, en compagnie de Caderousse,
d'un prince héritier du trône, de deux ou trois
autres échappés de Cour, pendant qu'au salon
voisin les courtisanes à la mode menaient grand
bruit ? On a conté, alors, que les deux sociétés
s'étaient réunies, que les dames titrées et les filles
empiffrées avaient trinqué au Champagne. Par
hasard, on exagérait. Suivant les voix entendues
les soupeurs disaient aux nobles curieuses :

— C'est Marguerite !

— C'est Anna !

— C'est Cora !

Et l'on m'a assuré que la plus enragée de ces
femmes aristocratiques en partie fine n'avait fait
qu'entrouvrir la porte pour apercevoir le bout du
nez d'une des impures, ses voisines de souper.

Nous sommes loin de ces nuits romanesques, —
que dis-je ? historiques ! Grammont-Caderousse
est mort ; le prince de Galles traverse seulement
Paris dans le cours de ses voyages ; le Café Anglais
est rentré dans un calme relatif, et le Grand 16
n'est plus qu'un souvenir.

Où est le bruit, à cette heure ? Où est la vie nocturne plus ou moins étincelante dans l'ombre qui enveloppe les boulevards ?

On me répond :

— Au *Café Américain*.

Lorsque Peter's, qui avait commencé sa fortune dans une petite brasserie de la rue Richelieu, l'eut très-rapidement faite dans l'Alhambra du Passage des Princes, il alla se ruiner, boulevard des Capucines, dans l'établissement, mitoyen du Vaudeville, auquel les anciens habitués donnent encore son nom, et qui s'appelle : Café Américain. C'était un petit homme brun, à profil aigu, destiné, comme les joueurs nerveux, à tout gagner ou à tout perdre. Son successeur, à ce qu'il semble, a hérité de sa première manière : il prospère et il gagne.

Ce n'est point, — je viens de le laisser entendre, — avec les consommateurs, qui bâillent, pendant le jour, sur les divans de cuir du rez-de-chaussée. Non ; c'est avec ceux qui ne dorment pas, pendant la nuit, au salon du premier étage.

Le premier de tous, — ne nous en cachons pas plus que lui, — est le prince d'Orange, surnommé, là et ailleurs, le prince Citron. Pourquoi? On l'a conté ; mais le chroniqueur de « *Tout-Paris au café* » est bien forcé de reproduire l'anecdote.

20.

Grammont-Caderousse, dont je parlais tout à l'heure, soupant avec le prince d'Orange et quelques amis, donnait, sans marchander, du « monseigneur » à cet héritier royal.

— Mon cher Grammont, — dit le prince, — cette formule respectueuse devient insupportable. Ne nous gênons pas entre nous.

— Ah ! c'est comme ça ? — répliqua gaiement Caderousse, qui avait l'esprit vif et railleur. Eh bien, Citron, passe-moi le fromage !

Le plus drôle est que, parmi ces noctambules vagabondes qui, après minuit, grimpent au salon du Café Américain, — comme des araignées cherchant leurs toiles, — plus d'une ignore qu'elle est d'une familiarité absolue avec un prince d'Orange, quand elle lui demande :

— Payez-vous le champagne, Citron ?

XXIII

CAFÉS DU PALAIS ROYAL.

Si nous avions rabattu, il y a seulement une quinzaine d'années, du boulevard des Italiens au Palais-Royal, nous eussions été embarrassés, pour choisir, parmi les plus célèbres, le premier café où nous allions nous reposer.

Aujourd'hui, c'est autre chose ; et comme nous ne pouvons, pourtant, ne pas marquer le souvenir de ceux qui ont disparu, après avoir enfermé la vie d'une époque ou de plusieurs époques comme le *Café de Foy,* je crois aussi juste que nécessaire de les embrasser tous dans un titre général.

Je viens de nommer le Café de Foy. Camille Desmoulins l'avait fait entrer dans l'histoire le jour où il en franchit le seuil, une feuille d'arbre au chapeau, pour haranguer, monté sur une table du jardin du Palais-Royal, une partie de ce peuple qui devait prendre la Bastille le lendemain. Les

Vernet, père et fils, Carle et Horace, firent les frais de sa légende artistique.

L'histoire de l'hirondelle est trop connue pour que je la reprenne en détail. Elle traîne dans tous les livres d'anecdotes où il vous plaira de la ramasser. Au reste, il est facile de la résumer en quelques mots. Un petit rapin, en lançant étourdiment un pinceau au plafond que son maître venait d'achever, en avait taché l'azur. Colère de celui-ci, amour-propre stimulé de celui-là, qui, pendant l'absence du patron, fait, de la tache noire, une merveilleuse hirondelle. Et le petit rapin se nommait Carle Vernet.

Comme l'artiste devait sourire, quand plus tard, devenu un des clients illustres du Café de Foy, il jetait un coup d'œil à ce ciel de plafond où son talent s'était si singulièrement révélé.

Tel père, tel fils. Ainsi, du moins, l'a voulu la chronique. Le *Diable boiteux* a jadis conté ceci :

« J'aperçus au Café de Foy le petit Horace Vernet, assis près de son père Carle et s'occupant déjà bravement de croquer les physionomies des habitués de l'endroit, tandis que son père se livrait bourgeoisement aux douceurs d'une partie de dominos.

« Or, comme je humais à coups réglés une bavaroise au chocolat, en face du petit Horace, il arriva justement, ce soir là, une aventure assez plaisante, et qui prouve que, si, en général, les peintres doivent craindre les voleurs, les voleurs, en particulier, ne sauraient trop redouter les peintres.

« Je vous ai dit que Carle Vernet jouait avec un ami une partie de dominos, tandis que son fils, peu soucieux des hasards du double-six ou du double-blanc, dessinait, sur un calepin, les visages environnants, les plus dignes de son crayon.

« Mais ce que je ne vous ai pas dit encore, c'est que Carle, tout en maniant les dés, prenait, de temps à autre, une large prise dans une large tabatière posée tout près de lui, sur la table de marbre.

« Or, ne voilà-t-il pas qu'à un moment donné, comme le grand peintre, qui essuyait un coup terrible, voulait puiser le courage de la résignation dans sa tabatière...

« Plus de tabatière !...

« Elle avait disparu ; — je l'avais bien vue, moi, — de la table de marbre, passer dans la poche d'un monsieur qui suivait, depuis longtemps, avec l'attention la plus soutenue, la partie du peintre.

« Et, au moment où ce dernier poussait une exclamation de surprise en n'apercevant plus à côté de lui sa boîte, d'autant plus chère qu'elle renfermait d'excellent tabac... et qu'elle était en or, le monsieur, si attentif au jeu tout à l'heure, disparaissait, à son tour, du café, décidé, sans doute, à s'en aller méditer, le plus loin possible du Palais-Royal, sur les erreurs d'un homme qui a :

« Quatre *cinq* en mains, et qui ne les ouvre pas...

« Et une tabatière en or, près de lui, et qui se la laisse prendre.

« A ces mots échappés à Carle Vernet :

— Je suis volé !

« Le café, tout entier, fut en émoi.

— Volé, par qui? s'écria le partenaire du peintre.

— Par qui? Eh ! le sais-je? répliqua Carle. Mais le monsieur, qui était à ma gauche, et qui vient de partir, je ne le connais pas ; et vous?

— Moi non plus !

— Il avait une mauvaise figure.

— C'est vrai.

— Sa figure ! tiens, papa, la voici.

C'était le petit Horace, qui tendait à son père le croquis du voleur.

— Oui!... oui !... C'est bien lui ! crièrent vingt voix en même temps.

— Eh bien ! fit le maître du café, en s'emparant de la pochade, si c'est bien lui, comme il ne peut être loin encore, — grâce à ce dessin, je le retrouverai. Suivez-moi, Jean !... Auguste !...

« Et le chef d'établissement, suivi de deux de ses garçons, s'élança au dehors, sur la piste du filou.

— Oh ! il ne courut pas longtemps ! Notre amateur de tabac... dans une boîte d'or, était de ces voleurs aristocrates, qui trouvent au-dessous d'eux de faire un pas plus vite que l'autre, lorsqu'ils viennent de réussir une affaire.

« Arrêté, avec toute la politesse possible, dans le jardin même du Palais-Royal, par le cafetier et les garçons, il fut ramené en présence des joueurs, et, malgré ses cris et ses dénégations, fouillé séance tenante.

« Point n'est besoin de dire qu'on retrouva sur lui la tabatière précieuse... en compagnie de plusieurs autres.

« Et voilà comment le croquis d'un artiste, encore dans les langes, confondit le crime, et rendit la joie à un père... qui prisait beaucoup. »

L'histoire est amusante, n'est-ce pas ? Eh

bien ! ne vous pressez point trop de la répéter. On a déjà fait remarquer, je crois. que ce *Diable boiteux* avait une imagination qui courait très-vite. D'autre part, tout diable est mystificateur. On avait joué, par extraordinaire. ce jour-là, au café de Foy, où, de mémoire de client, on n'a jamais remué les dominos, ni brassé les cartes sur une de ses tables sévères.

Je l'ai connu aussi, le café de la galerie Montpensier, où l'on ne fumait pas, plus que l'on ne jouait. C'était en 1860, dans les dernières années de son existence ; et je l'ai vu mourir, plus fidèle à ses traditions que les fils *impérialisés* des monarchistes qui en avaient fait l'aristocratie.

J'y ai souvent accompagné le vieil Ulric Guttinguer, — l'Ulric des strophes de Musset et des poésies de Sainte-Beuve, — qui, chaque jour de soleil, vers deux heures, en redingote bleu de roi et en pantalon clair, descendait de l'avenue Frochot, où il avait son petit hôtel, pour aller lire les journaux au Palais-Royal.

De combien de sujets cet aimable survivant d'une génération disparue ne m'a-t-il pas entretenu au café de Foy? Là, les journaux aidant, la conversation tournait un peu à la politique, et Guttinguer, qui, dans sa jeunesse, avait beaucoup

entendu parler chez son père, le marquis d'Avaray,
était plein d'anecdotes intéressantes sur Louis
XVIII et son entourage. Mais ce n'est point leur
place ici.

De plus fraîche origine que le café de Foy, et
situé au premier étage, le *Café des Mille Colonnes*,
son voisin de la galerie Montpensier, a brillé
d'un éclat différent.

A qui et à quoi le devait-il, en effet ? A madame
Romain et à sa beauté. C'est une légende aussi
que le succès de la *Belle Limonadière*. « En France,
a dit Beaumarchais, tout finit par des chansons. »
Plus d'une réputation commence par là. Lorsque
madame Romain était seulement encore la reine,
— je n'ose écrire la patronne, — du Café du Bosquet, rue Saint-Honoré, elle avait été enguirlan-
dée de couplets tels que ceux-ci :

> Vénus a donc quitté Cythère
> Pour choisir un autre séjour ;
> De l'Amour cette aimable mère
> A Paris réside en ce jour.
> « Viens, suis-moi, dit-elle au Mystère,
> « Car tu sais garder un secret ;
> « Je veux être limonadière
> « Du joli Café du Bosquet. »
>
> Mais l'Amour, qui toujours voyage,
> Et qui toujours est échauffé,
> Pour se rafraîchir, le volage !
> Entre dans ce charmant café.
> « — Eh quoi ! cria-t-il, c'est ma mère ?

« — Oui, c'est moi, petit indiscret :
« Ici, je suis limonadière
« Du joli Café du Bosquet. »

Voilà avec quelles ailes mythologiques et poéti-
ques les enthousiastes volaient en ce temps.

Le mari de la belle limonadière n'avait plus
trouvé digne de ses attraits « le joli Café du Bosquet, » dont la police était obligée de garder les
abords, pour mettre un peu d'ordre dans la foule
qui l'envahissait, du matin au soir. Il aménagea,
en des salons du premier étage, le Café des Mille
Colonnes. Avec quel succès, d'abord ? Vous le
comprenez.

On a même conté qu'il avait découvert et acheté,
je ne sais où, un vrai trône de roi déchu ou dé-
goûté de son siége, mis alors en vente, pour y
faire asseoir Sa Beauté, madame Romain.

Mais « tout passe, tout lasse, tout casse, » selon
le mot de Chamfort. Ce règne avait duré vingt ans,
ce qui était déjà beaucoup pour un règne, même
à cette époque. Je parle de 1826. Le limonadier,
qui était fort laid, mourut des suites d'une chute
de cheval, — et la belle limonadière se fit religieuse. Fin assez inattendue, qui a prêté au roman
depuis que, au lieu de se terminer par des chansons, tout s'explique et s'exploite, chez nous, par
des romans.

Place aux morts !

J'arriverai tout à l'heure au Café de la Rotonde ;
mais nous devons nous souvenir du *Café Lemblin*
qui avait encore, quoique moins brillante, en ces
dernières années, sa place au Palais-Royal.

Il avait été fondé en 1805 par un ancien garçon
de la Rotonde, Lemblin, qui eut aussi, à ce qu'il
parait, son petit roman à cette époque. Sa femme
lui apporta, d'un père naturel et repentant, une
dot de dix mille francs qu'elle n'avait guère es-
pérée jusque-là.

D'un petit café, et des plus obscurs, Lemblin fit
celui qui, sous la Restauration, accapara toutes
les puissances et toutes les célébrités. Les armées
de l'Europe y étaient représentées par leurs officiers, après juillet 1815. Prussiens et Russes y
trouvaient devant eux, faisant encore haute mine,
les grognards français de Waterloo. Et alors,
quelle collision forcée ! quel tapage ! quelles pro-
vocations, esquivées quelquefois, mais renouve-
lées trop souvent pour ne pas conduire sur le
terrain !

Demandez à la chronique de la Restauration le
récit des duels entre Français même, entre les
gardes du corps de Louis XVIII et les soldats de
Napoléon.

C'était le soir surtout que le Café Lemblin prenait cet aspect militaire et menaçant. Ses matinées étaient plus calmes. Au lieu de Cambronne, de Dulac, de Sauzet, on y trouvait de froids magistrats et de graves académiciens qui y déjeunaient au thé ou au chocolat.

Jouy et Ballanche s'y rencontraient. Et on y voyait aussi Boïeldieu, l'auteur de la *Dame Blanche*, Martinville, le feuilletoniste critique du *Journal de Paris*, Brillat-Savarin, enfin. qui, son chien en face de lui, y rêvait à la *Physiologie du goût.*

Évidemment, vous et moi, n'y avons jamais été mêlés à si belle compagnie. Personnellement, je n'ai jamais eu que l'occasion d'y jouer au billard, le mercredi ou le dimanche, avec des élèves de l'École polytechnique, en regardant flamber le punch banal des réjouissances.

Le punch s'est éteint ; le café Lemblin n'est plus. Les élèves de Saint-Cyr, plus heureux, ont toujours leur salon des jours de congés ou de vacances. Je suis tombé, récemment encore, en pleins exercices... sur le billard de nos futurs officiers, dans les salons du *Café Hollandais*. Vous en avez sans doute remarqué la galiotte, comme enseigne, en passant galerie Montpensier.

L'origine du *Café de la Rotonde* est à peu près

séculaire. Certains chevaliers de l'ordre moral ne sauraient en dire autant de la leur.

On lit, par exemple, dans la *Correspondance secrète* :

« Le Caveau est le nom que l'on donne à un café fort à la mode, placé dans un petit souterrain, arrangé avec goût dans le jardin du Palais-Royal... Les agréables oisifs, les habitués de l'Opéra, et surtout les amateurs de bonnes glaces, dont il s'y fait un débit prodigieux, s'y rendent à différentes heures du jour. Quelques gens de lettres y vont faire leur digestion plus ou moins laborieuse. C'est un tribunal duquel on peut appeler à celui du bon sens, mais dont les décisions font toujours une impression momentanée. »

Ce Caveau, dont, en vous rappelant celui *des Aveugles*, sous le café Lemblin, vous aurez tout de suite une idée, — devint le café du Perron. En 1802, le propriétaire demanda la permission de construire un pavillon, entre les arcades qui étaient comme les portes monumentales de son établissement. Et bientôt était dessinée et achevée la Rotonde qui devait donner son nom au café.

Mais d'abord, elle s'appela elle-même Pavillon

21. .

de la Paix, en souvenir de la paix d'Amiens, qui
fut conclue en même temps que la Rotonde était
inaugurée. La salle du café était, en somme,
autrement curieuse, surtout comme décoration.

Les arabesques, et autres peintures sous verre,
qui l'ornent aujourd'hui, n'ont que maigrement
remplacé les toiles de Robert qui en ont disparu
depuis quarante ans ; mais le comptoir et les
autres meubles n'ont pas changé et ils nous
donnent le cachet exact de l'époque où le café
fut aménagé.

Cette salle intérieure est généralement déserte.
Littérateurs et artistes l'ont abandonnée depuis
longtemps. On n'y jette qu'un coup d'œil, comme
sur un coin de musée, avant d'entrer dans la
Rotonde, ou de s'asseoir sous la marquise qui y
a été ajoutée, pour fumer plus librement son cigare. Dans la rotonde même, on ne fume guère ;
dans la salle intérieure, on ne fume pas du tout.
On ne joue, ni ici — ni là.

Une famille de province, — car c'est le rendez-vous de toutes les familles de province en vacances, — se demandait l'autre jour, devant moi,
comment le chauffage pouvait être organisé, l'hiver, dans l'établissement extérieur. Très-ingé-
nieusement, aurais-je pu leur apprendre, —

comme la ventilation, — et d'après le système de M. Duvoir, dont le fils m'a fourni récemment toutes les explications à ce sujet. La chaleur arrive, par des conduits, du foyer du laboratoire, et s'échappe par des bouches pratiquées dans le pavé en mosaïque du pavillon.

L'été, ces mêmes conduits sont disposés pour renouveler l'air et concourent, avec les cheminées d'appel du plafond, à entretenir une douce fraîcheur, au milieu de laquelle les fleurs des jardinières semblent pousser et s'épanouir comme par enchantement.

> Arrière ceux dont la bouche
> Souffle le froid et le chaud !

a écrit La Fontaine. Mais La Fontaine ne songeait pas aux bouches dont nous parlons.

Les Anglais en voyage composent, avec les provinciaux à Paris, la grande clientèle volante du Café de la Rotonde. Mais les Parisiens eux-mêmes en garnissent la terrasse, et le petit pavillon annexe, — tout ouvert celui-là, — les soirs de musique. J'ai connu un Italien, qui allait s'asseoir tous les jours à la porte de la Rotonde, en souvenir du Café Florian de Venise, et des galeries de la place Saint-Marc.

Le Café de la Rotonde, plus heureux que d'autres, durera autant que le Palais-Royal...

Et rien ne menace l'existence de celui-ci, quoiqu'il n'ait plus un prince quelconque comme hôte et comme gardien. Sa sûreté ne perd pas plus que sa dignité, lorsqu'il est, malgré son nom historique, un palais de la nation.

XXIV

L'ELDORADO.

L'*Eldorado* ! Ce nom vous met en tête tout un orchestre, et, devant les yeux, toute une salle — garnie, aux fauteuils, de bourgeois qui digèrent, en marquant la mesure d'un mouvement d'épaules, d'enragés divers des chansons du jour, l'oreille couchée sur le velours des galeries, prêts à battre des mains, comme un seul homme, une salle ouvrant ses premières loges à des directeurs de théâtres de genre, curieux de voir si, dans ce ciel de café-concert, ne se lève pas pour eux quelque étoile.

Ce ne serait pas la première fois, et nous aurons l'occasion d'en reparler tout à l'heure.

En attendant, nous constatons que l'Eldorado du boulevard de Strasbourg est double, et que la salle de concert du soir n'est pas celle où nous venons d'entrer.

La dernière n'en est pas moins la salle d'un café élégant, confortable, et l'on pourrait dire superbe, avec son aspect monumental. Entre les doubles colonnes, sous les arcades des portes, on peut même, la tente baissée, être à l'abri complet du soleil. Ce sont, en quelque sorte, des loges de pierre, du fond desquelles on voit défiler tous les passants affairés du boulevard de Strasbourg, — foule mêlée, où négociants, artistes, artisans se pressent les coudes à certaines heures, pour prendre le pas.

Mais nous avons franchi le seuil, nous autres, et nous voilà sur le divan, dans une agréable pénombre. Haut comptoir, d'où l'œil peut suppléer à l'oreille des garçons ; haut plafond sous lequel on respire ; larges lampes, montées en lustres, dont la vue console, lors même qu'elles ne sont pas allumées, des maigres becs de gaz qui pendent, ailleurs, sur nos têtes ; journaux à volonté, les meilleurs et les pires : mais le choix est vite fait.

Vous me demandez mes plus vieux souvenirs ? C'est facile. La fondation de l'Eldorado, café ou concert, n'est pas ancienne, quoique son exploitation ait déjà fait un millionnaire, qui vit dans ses terres, aujourd'hui, comme un grand seigneur. J'ai quelquefois rencontré Lorge, son avant-dernier propriétaire, et, connaissant l'importance de ce châtelain, j'ai toujours été tenté de l'appeler M. de Lorge, comme si ses aïeux avaient eu leurs places dans les carrosses de Louis XIV. J'en sais, d'aussi bien placés jadis, à qui une fameuse restauration serait nécessaire, pour avoir, comme ce roturier fortuné, tourelles sur plaine ou sur côteau.

C'est du temps de Lorge, qu'on voyait souvent ici, à la terrasse ou à une de ces tables, Hervé, surnommé depuis, « le compositeur toqué », lequel conduisait l'orchestre du concert. Il n'avait fait encore ni l'*OEil crevé*, ni *Chilpéric*, ni les autres insanités, à travers lesquelles passe tout à coup un souffle pénétrant de mélodie, comme une pensée d'esprit ou de génie dans le délire d'un fou. Il n'en était pas moins déjà l'être fantasque, capable de tous les défis au sens commun et à la raison. Et quelle langue verte et pimentée ! C'était à renverser d'étonnement les ramasseurs de bouts de cigares qui traînaient par là.

Au reste, si un mot méritait d'être relevé, par considération pour la galerie, Suzanne Lagier était à la réplique. Pas bégueule, on le sait, la

Suzanne, qui, dès cette époque, avait l'embon-
point auquel les choses gaillardes empruntent
elles-mêmes de la rondeur. Fille d'esprit, au de-
meurant, à qui on l'a peut-être trop dit, et qui
n'a pas toujours mis assez de scrupule à le montrer.

C'est à la terrasse du Café de l'Eldorado que
j'ai vu, pour la dernière fois, le chanteur Renard,
l'ancien artiste de l'Opéra. En quel état, grands
dieux ! Vous vous rappelez ce profil aigu, qui arrivait, naguère, piquant le vent, au Café des Variétés ? Qu'en restait-il ? D'un côté, il n'existait
plus : un mal affreux l'avait rongé. Le pauvre
Renard se voilait cette moitié du visage, même
dans la rue, et il ne montrait que l'autre au public, lorsqu'il chantait encore, le soir, dans quelque salle de concert obscure, pour apaiser sa
dernière misère.

Sa voix ne pouvait plus être définie. Ce malheureux était funèbre. Et pourtant, il y avait
toujours en lui quelque chose de vibrant, qui
trouvait, par instants, de l'écho, chez ses auditeurs. On était tout étonné d'avoir une corde qui
répondît à cet éclat de nasillement, comme la
corde d'un violon à l'archet qui n'a plus deux
crins. Il mourait, dévoré de douleurs, et il cau-

sait un agréable tressaillement, il allumait un
éclair, en chantant, par exemple, ces deux vers
d'une médiocre pastorale, dont il avait composé
la musique :

> Les belles auront la folie en tête
> Et les amoureux du soleil au cœur !

Vite, un rayon, un peu de vie consolante, au
milieu de ces tristesses !

Vous vous présentez à point dans mes souvenirs, célèbre Judic, qui vous arrêtiez parfois, ici,
en sortant des répétitions. Car, avant d'être la
diva des Bouffes, des habits noirs et des gilets en
cœur, des bouquets de cinq louis et des gommeux
enamourés des fauteuils, vous avez été la chanteuse de l'Eldorado, des paletots bourgeois, des
bouquets de trois francs et des titis du plafond.

N'est-il pas vrai, même que l'an dernier, à
Saint-Pétersbourg, ce sont ces bluettes, ces riens
que vous disiez, du reste, d'une façon charmante,
qui vous ont valu vos plus francs succès ? Et nous
savons le prix du succès dans ce pays des roubles
et des rivières de diamants.

Avouez que, malgré l'ambition qui talonne les
artistes de tous degrés, vous ne faisiez peut-être
pas de si beaux rêves, triomphante Judic, quand

je vous voyais passer, votre rouleau de musique
à la main ?

Assurément, ce n'est pas madame Théo, qui,
en 1871, s'y berçait, de son côté.

La petite Théo ? Je l'entends encore minauder
bien tristement à une table de cette terrasse. Elle
n'avait pas eu un applaudissement, la veille au
soir, au concert de l'Eldorado ; elle était rentrée,
en pleurant, dans la coulisse. Elle venait de répéter une nouvelle chanson, et n'en espérait
guère plus d'effet.

— Je n'ai pas de chance. C'est fini, disait-elle ;
je n'aurai jamais un succès.

Et les camarades la consolaient de leur mieux.

Ah ! si la fée, qui préside aux destinées bizarres,
avait été là ! Elle lui eût dit à l'oreille :

— « Pas un succès, ma fille ? Tu en auras dix,
tu en auras vingt, cinquante, cent, avec un peu
d'audace. Connais mieux ta valeur et le goût de
ton temps. Tu n'auras jamais plus de talent que
de voix, c'est vrai ; mais tu peux arriver à imiter
ce qui réussit, et à être une diminution de Judic.
Tu n'as pas de grâce naturelle, mais tu as de
l'afféterie.

« Tu n'as que le minois d'une gentille poupée ;
mais tu as étudié une petite grimace, qui, pour

ne point varier, n'en est pas moins agaçante.
Avoir sa grimace ou son tic, mais c'est beaucoup,
c'est tout pour le public qui aime ses habitudes et
qui ne tient pas à ce qu'on lui cause des surprises.

« Avec cela, on peut se dispenser d'être chanteuse et comédienne. On paraît, la bouche ouverte, le rire aux dents, agréablement décolletée
et court-vêtue, et la fleur des pois de l'élégance
s'épanouit, les jolis messieurs se pâment, les :
ah! et les : oh! de l'admiration expirent dans une
tempête d'applaudissements.

« Va, ma fille, Offenbach passera par l'Eldorado
un de ces soirs. Tu auras fini par conquérir le
public habitué à ton perpétuel sourire et à ton
susurrement. Tu seras *la Jolie parfumeuse* à la
Renaissance, et tu la resteras partout. Va, tu ré-
gneras longtemps, surtout si à la claque des be-
nêts se mêle la claque des reporters. »

C'est le samedi, surtout, que vous voyez ici le
monde artistique qui tient à l'Eldorado. Le samedi est le jour de grande répétition, dans l'après-
midi, et de *premières*, le soir.

On cause, à la sortie, sur la terrasse de ce café.

Blonde, avec de grands yeux bleus frangés de
longs cils, élancée, frêle en apparence, voici
Amiati, une idole du public des concerts, depuis

plusieurs années. Le cas est rare. On s'use vite à
ce métier, et c'est miracle que celle-ci ne soit ni
brisée, ni démodée, après avoir chanté, sur tous
les airs, les drapeaux et les héros, les berceaux
et les tombes, la France et la guerre, le passé
et l'avenir, et avoir fait, avec sa note de medium,
la gloire populaire des maîtres d'école alsaciens,
comme des clairons français.

Les paroliers Villemer et Delormel ont épuisé
tout leur patriotisme, sans lui éteindre cette note,
qui la rend souveraine maîtresse de son public
accoutumé.

Vous avez peut-être aperçu ce petit Villemer,
autrefois, au théâtre du Palais-Royal. Quant à
Delormel, c'est ce garçon, blond et mince, qui se
tire impitoyablement, et sans cesse, le poil du
menton, comme si la rime qu'il cherche devait
lui venir au bout des doigts.

A côté d'Amiati, c'est Rivière, autre chanteuse,
tête brune résolue, pas décidé, gosier souple et
merveilleusement organisé, d'où les fusées tyro-
liennes partent toutes seules.

Et ce gazouillement, ce frémissement, ce sau-
tillement? La petite Daumaine, une sous-Théo,
de même que Théo était une sous-Judic. Ne vous
étonnez pas, après cela, qu'elle quitte, un de ces

jours, l'Eldorado, pour passer au théâtre des
Variétés, sous la garde de Blondelet, le collaborateur de « papa ». Si je ne vous présente
point ce dernier, le parolier Baumaine (*Joséphine,
Joséphine, arrêt' la machine*, vous souvenez-vous
de cette grossière ineptie, entre autres, partie,
il y a deux ou trois ans, du concert des Ambas-
sadeurs?), je crois que vous ne m'en voudrez pas.

Ne vous semble-t-il point, en passant, que
certains théâtres ont des colères assez comiques
contre le café-concert, qui leur sert les alouettes
toutes rôties, — c'est-à-dire toutes dressées, les
femmelettes, dont la vogue fait celle des scènes
où elles ont le pied?

Vous me demandez si le chef d'orchestre est
resté à son pupitre? Regardez cette figure épanouie et souriante. Mais ne connaissez-vous point
Charles Malo, compositeur à ses heures de loisir, que
ses collaborateurs trouvent trop rares? Ne l'avez-
vous pas vu diriger l'orchestre à la grande représentation d'adieu de Déjazet, au Théâtre Italien?

Il est accompagné d'Alfred d'Hack, qui a composé bien des jolies choses et conservé la modestie du vrai talent. Sans doute, il pourrait faire
davantage. Que lui manque-t-il? Le livret, le
premier livret qu'un musicien ne rencontre pas

22.

facilement ; l'occasion, qui a conduit Cœdès du concert au théâtre, où son étoile a déjà pâli, et où Alfred d'Hack aurait le droit d'attendre une plus brillante et plus longue fortune.

Ne cherchez pas le jeune Robert Planquette. On ne l'aperçoit plus que de loin, sur le chemin qui conduit chez son collaborateur de Monaco, Pierre Véron.

Un moment! Si vous n'avez pas le temps de voir tout le monde, laissez-moi, au moins, vous montrer le propriétaire actuel de l'Eldorado, du double Eldorado, salle de concert et salle de café : M. Renard, qui arrive à la fin, comme un capitaine qui, le dernier, quitte son bord.

Je vous entends : voilà un élégant, de la tête aux pieds ; le monocle à l'œil, qui ne sent guère la bière et la limonade. Parbleu! il n'y tient pas, et personne ne sait mieux, sans compromettre ses intérêts, introduire le dandysme dans ses fonctions et dans son métier. Il ne fait que passer et monte en voiture pour retourner, jusqu'à ce soir, à son chalet d'Asnières...

Les habitués d'avant-dîner, négociants, hommes d'affaires, employés, rentiers du quartier de ce boulevard de Strasbourg, envahissent le *Café de l'Eldorado*. Allons-nous-en !

XXV

CAFE DU THEATRE-MONTMARTRE.

Si je vous transporte tout à coup assez loin et
assez haut, c'est qu'en parlant de café d'artistes,
je ne peux m'empêcher de songer à celui-ci. Très-
pittoresque et très-curieux, je vous assure, ce
Café du Théâtre-Montmartre, à l'époque où je
l'ai connu, et il lui en est resté quelque chose.

Il n'y a pas longues années de cela. J'étais allé
me percher sur cette butte, aux flancs de laquelle
nous avons eu, presque tous, le premier gîte de
la vie littéraire, où l'on espère, où l'on travaille,
où l'on souffre parce que l'on attend. Et combien
y sont morts pour avoir toujours attendu ! Montmartre a été l'observatoire parisien, d'où toute
une génération, dans ses veilles de fièvre, plon-
geait, par les nuits étoilées, sur la grande ville
assoupie, d'où les audacieux qui, parfois, en effet,
sont les heureux, l'enveloppaient d'un regard,

comme Rastignac, sur le coteau du Père-Lachaise,
et s'écriaient après lui :

— Paris, je te tiens !

Mais qui est sûr de tenir Paris ? Qui, sans folie,
peut le crier ainsi, à moins d'être prêt, comme
le héros de Balzac, à endosser l'habit de ses in-
famies élégantes et à entrer, en bottes vernies,
dans cette fange parfumée, jusqu'au-dessus du
cœur ?

Les Rubempré, les poètes qui ont moins de
fierté que de vanité, et qui cèdent à la tentation,
finissent par faire justice eux-mêmes de leurs
coupables faiblesses. Les autres meurent, s'il le
faut, si la loterie de la destinée les y condamne,
mais plus bravement, en résistant. Et quand je
parle de poëtes, je n'entends pas seulement les
rhythmeurs de vers, mais tous ceux que l'esprit,
qui souffle sous la forme qu'il lui plaît, a emporté
sur un de ses sommets.

Voilà comment peut-être plus d'un a remonté,
chaque soir, à la butte du Moulin de la Galette,
par la rue des Martyrs, la bien nommée, et jusqu'à
la fin de sa vie, comme à un calvaire de douleurs
ignorées. Il n'y a pas, comme on le pourrait pré-
tendre, que des bohèmes incorrigibles ; on compte
aussi des lutteurs malheureux qui ne sauraient

rien corriger des arrêts d'un sort impitoyable.
Dans la vie littéraire, la production à toute vapeur
a tué toute littérature; on a, par hasard, un honnête et franc succès, on croit en avoir fini avec
l'acharnement de l'indifférence, et, au bout de
trois mois, de six au plus, tout est à recommencer.

Je vous demande pardon, lecteurs, de ce qui
peut sembler ici une digresion ; mais nous sommes
à Montmartre, et il n'est que temps d'écrire trois
mots d'histoire contemporaine, quand la butte
des hommes de lettres et des artistes va devenir
le mont sacré des bedeaux.

Au reste, nous allons continuer plus gaiement,
en revenant au *Café du Théâtre-Montmartre*.

Très-littéraire, je ne dis point qu'il l'ait été. On
descend si vite de Montmartre, — plus vite qu'on
ne veut, souvent, — que tout le monde, même en
dégringolant de ce côté, ne s'arrêterait pas au
passage. Et puis, vous le savez, la grande mêlée
d'où l'on revient, battu ou triomphant, est aux
boulevards.

Mais, par son seul voisinage, il a une clientèle,
qu'il est assez amusant de voir de près. Ah! si
Mme Bontemps, — la mère des artistes, comme
l'appelait le jeune premier du théâtre, — avait
seulement écrit un petit volume de Mémoires, que

de joyeuses trouvailles nous y pourrions faire ?

Autant de chapitres d'un roman comique, sur cette petite place... d'où sont partis des artistes plus ou moins célèbres, où les plus fameux, Frédérick-Lemaître et Bocage eux-mêmes, ont monté, certains soirs de représentations, et qui est toujours le centre de ce monde des jeunes blanchisseuses et des garçons coiffeurs dévoyés, dont l'ambition rêve de jouer Marguerite et Buridan dans la *Tour de Nesle*, ou milady de Winter et d'Artagnan, dans la *Jeunesse des Mousquetaires*.

Au temps où j'ai un peu fréquenté le *Café du Théâtre*, vous y eussiez remarqué, régulièrement, un vigoureux garçon, figure jeune et pleine sous la masse d'une chevelure brune qui s'échappait en boucles autour du front, moustaches courtes, relevées, voix grasse, rire sonore, qui, en ouvrant la bouche, fermait trop strictement les yeux, — carrure d'athlète, — prestance de vainqueur.

N'allez pas croire, cependant, que je vous présente un « jeune premier ». C'était Gill, André Gill, le dessinateur de la *Lune* et de l'*Éclipse*, qui était déjà au feu vif de son succès. Il avait apporté quelque chose de neuf, de plus brillant et de plus mordant aussi, dans le genre de la charge et de la caricature : il lui avait donné plus de relief et plus d'ampleur, et, pour tout dire, il l'avait fait sien. La foule qui, souvent, passe sans regarder, et à laquelle il faut faire entrer hardiment les choses dans les yeux, s'était arrêtée devant ces audaces.

L'empire tirait à sa fin, et il avait deux ennemis qu'il n'osait plus briser d'un coup : la plume et le crayon.

Gill était un heureux. Il n'avait pas, alors, la maladie de... se croire malade, comme aujourd'hui, — quoiqu'il ne s'en porte pas plus mal. — Il ne frappait pas sa large poitrine, à la hauteur du poumon gauche, en disant :

— C'est fini... La mort est là !

Il rayonnait ; il allait à l'avenir comme à une suite de victoires sur le public, son humble sujet. Il rappelait parfois, avec une évidente satisfaction, que le caricaturiste Gill se nommait M. de Guigne, et il disait à Cham, comte de Noé, qu'il rencontrait sur le boulevard :

— Et moi aussi j'ai un *de* devant mon nom !

André Gill, à qui beaucoup d'honneurs, dont peut être flatté l'orgueil d'un artiste, n'ont pas manqué, — même celui de causer en particulier avec Victor Hugo, — n'habite plus Montmartre, mais on prétend que, lorsqu'il y retourne, un écho du *Café du Théâtre*, retentissant de rire, avertit, cinq minutes à l'avance, de son arrivée.

Une tête qui contrastait singulièrement avec celle de Gill, était la tête dépouillée, chauve, sans traits ni caractère, d'un autre habitué de cette époque. Des yeux grisâtres et sans lueur de vie, une voix criarde et fausse, quand il parlait, un sourire complaisant et des manières patelines d'ancien séminariste qui a échappé à l'ordination, devinez quel est ce fumeur et ce joueur de rheimps acharné ?

L'auteur de la musique du *Sapeur*, cette gloire de Thérésa, cette chanson qui a fait les délices de l'Alcazar et d'un salon d'ambassade ; de *J'sommes trop près des maisons*, cette grivoiserie que Napoléon III écoutait avec bonheur, un soir, caché derrière une portière de velours du Cercle impérial : Villebichot en personne.

Villebichot — je m'en souviens — espérait alors sortir du café-concert pour entrer au théâtre, et « mettre le sceau à sa réputation », comme disent les gens solennels dans les plus petites choses, en collaborant avec le vieux Paul de Kock. Celui-ci, de son côté, avait une dernière ambition : celle de faire composer de la musique, par Villebichot, sur les couplets nombreux d'une pièce qui avait

un air d'opérette Louis XV. Et il lui avait donné
bravement carte blanche.

Mais le compositeur de l'*Ami d'Adolphe*, qui
voulait, pour sa gloire de musicien, une opérette
plus complète, avait cru qu'il pouvait user largement de la liberté permise. Il avait remanié toute
la pièce et mis en vers les trois quarts de la prose
de Paul de Kock.

Il était enthousiasmé de son idée, et il avait
peut-être raison ; mais à la première nouvelle de
cette métamorphose, Paul de Kock bondit sur son
fauteuil. Ses couplets lui paraissaient suffisants
pour le talent de Villebichot, qui dut se soumettre,
et qui alla enterrer ses espérances, avec les prétentions séniles de son célèbre collaborateur,
dans je ne sais plus quel petit théâtre du faubourg
Saint-Martin.

Au Café du Théâtre-Montmartre, et dans le
monde du théâtre, Alfred Dreux était roi.

J'en parle, car vous n'avez pas oublié, sans
doute, l'histoire que tous les journaux ont con-
tée, il y a quelques mois, de ce jeune premier de
Montmartre, pris de folie subite au milieu d'une
représentation. Fou d'une heure à l'autre, fou à
lier et à être emporté, avec la camisole de force,
dans une maison d'aliénés ! Pourquoi ? Les repor-

ters de coulisses ont cru en avoir trouvé la cause, que je n'ai pas à répéter.

J'avais connu à Nice, avant de le retrouver à Montmartre, ce garçon brun, aux cheveux drus et noirs, aux sourcils épais, à l'œil égaré, par instants. Il y faisait les beaux soirs du drame pour les femmes sensibles, et je doute qu'une actrice ait reçu, là-bas, le lendemain d'une représentation, plus chauds compliments en billets parfumés.

Hors de ce milieu dramatique, où de gros défauts s'effacent dans la brutalité du rôle, il manquait absolument de finesse et de distinction.

Hors du théâtre, c'était le Gavroche à l'esprit bavard, qui a fait son chemin.

Cela ne déplaisait point assurément à ses autres admiratrices, celles de Montmartre. Mais Dreux avait l'ambition de n'être pas l'idole du public de Montmartre à perpétuité.

Je l'ai entendu délirer en parlant des rôles qu'il pourrait jouer et de l'effet qu'il devrait produire à la Porte-Saint-Martin. Je crois bien que, pour peu qu'on l'eût contrarié, il serait devenu fou, sans attendre d'autre raison.

Si « la mère des artistes », comme il appelait Mme Bontemps, lisait par-dessus mon épaule, elle me dirait :

— Eh bien ! vous n'êtes pas près d'en avoir fini avec le *Café du Théâtre*.

Ce serait juste ; mais je crois qu'il est temps de m'arrêter.

XXV

CAFE SERGENT. — CAFÉ COQUET.

Voulez-vous que nous traversions Montmartre à mi-côte, par la rue Marie-Antoinette et la rue des Abbesses? Nous saluerons, au passage, comme une vieille connaissance, le *Café-restaurant Sergent,* maison comme il faut, et bon endroit que j'ai particulièrement noté dans mes souvenirs. J'ai l'estomac tout parfumé encore de tomates farcies que j'y ai mangées autrefois!

Je trouvais là, souvent, à l'heure du vermouth, à une des tables de la terrasse qui, malgré le petit plancher de précaution, suivaient la pente rapide de la rue Ravignan, le peintre et l'aquafortiste Émile Bénassit. Nous le rencontrerons ailleurs. Mais ce Bénassit, jeune, mérite au moins un trait de plume.

Il était court, trapu et déjà assez rondelet. L'œil brun avait de la vivacité et de l'acuité ; le front,

qui s'allumait, par instants, trahissait une nature
irascible ; le sourire pétillait de malice ; la lèvre,
qui grimaçait un peu, dans un de ses coins,
quand il parlait, était chargée d'ironie ou d'amertume. Et Bénassit avait, en effet, des mots qui
jaillissaient de l'amertume ou de l'ironie ; d'autres
assez gais, dans ce que le monde d'atelier appelle
« la blague, » chose encore moins commune, telle
qu'on l'entend, que cette expression court les rues.

C'est Bénassit qui disait à un brave homme
des environs de Fontainebleau, tout étonné que
Timothée Trimm eût le temps seulement d'écrire
ses articles quotidiens :

— Mais, mon cher monsieur, il ne les écrit pas
du tout.

— Comment ! il ne les écrit pas?... Et alors?

— C'est bien simple, répliqua Bénassit : il les
parle à l'imprimerie !

A l'heure du dîner, des habitués de la maison
Sergent, — employés de la mairie ou autres, se
retournaient tout à coup sur leurs chaises, et se
soufflaient entre eux, dans le creux de la main :

— C'est encore Dumas fils qui vient dîner ici !

Il y avait une ressemblance, mais ce n'était pas
lui. J'avais envie de dire à mes voisins :

— Connaissez, au moins, celui dont vous fre-

donnez impitoyablement la musique, entre deux
plats, et dont les airs de valse vont faire pâmer, ce
soir, entre vos bras, quelques danseuses enamou-
rées de l'Élysée-Montmartre !

J'ai nommé Olivier Métra, l'auteur de cette
Valse des Roses, laquelle avait fait si brillamment
le tour de Paris, chantée par les orchestres de
bals publics et par les pianos de salons, par les
orgues de barbarie et par les jeunes bourgeoises
en délire.

Chevelure blonde crépue, œil gris d'acier, narines épanouies, lèvres gonflées, Métra pouvait
prévoir l'heure prochaine où il allait mener, avec
son bâton de chef d'orchestre, le branle implacable du Paris des plaisirs. Paris dansera toujours sur des volcans, comme au temps de M. de
Salvandy. Et les volcans ont leurs éruptions, et
Paris danse encore : à l'Élysée-Montmartre, à Va-
lentino et à l'Opéra. Métra *for ever!* Il est des
fous heureux.

Le *Café Sergent* a, comme par le passé, ses
beaux jours de dimanches, — et même de sa-
medis, les soirs de noces, — sa clientèle d'employés, de graveurs, de gais pèlerins qui vont
voir les restes de la butte Montmartre, avant que
miraculeusement... elle s'éboule sous la cons-

truction entière de l'église du Sacré-Cœur. Et il est même devenu un restaurant luxueux, dont les salons du premier étage ont absolument humilié mon sans-gêne d'ancien habitué, à ma dernière visite.

En descendant de Montmartre, par la rue Lepic, je suis forcé de vous arrêter au coin du boulevard de Clichy.

— Qu'est cela? criez-vous. Un comptoir de marchand de vin !

Ne vous effarouchez pas si vite ; tournons à gauche, et nous pourrons nous reposer sur le divan assez frais d'une salle de café.

> Coquet n'est point le mastroquet
> Que tout d'abord on pourrait croire ;
> Il mérite son nom coquet :
> Coquet n'est point un mastroquet.
> Quoique, parfois, un paltoquet
> S'y pavane, en s'en faisant gloire ,
> Coquet n'est point le mastroquet
> Que tout d'abord, on pourrait croire.

Ah! les triolets allaient leur train, autrefois. Demandez à deux ou trois compagnons, avec qui je faisais halte ici, de temps en temps. Un d'eux ajoutait à la minute :

> Que manque-t-il donc à Coquet
> Pour que son nom aille à l'histoire?
> On y voit même Pelloquet !
> Que manque-t-il donc à Coquet?

Tout concurrent n'est qu'un roquet,
De Monceaux à la *Boule Noire* :
Que manque-t-il donc à Coquet
Pour que son nom aille à l'histoire ?

Et le troisième répliquait, après une gorgée de
bière :

Ah ! quel érudit perroquet,
Celui qui redirait les choses
Qu'on peut entendre chez Coquet!
Ah ! quel érudit perroquet !
Plus fort que toi, maître Floquet,
Qui sur tout bavardes et gloses !
Ah ! quel érudit perroquet,
Celui qui redirait ces choses !

Érudit ? Entendons-nous, pourtant. Il l'eût sans
doute été beaucoup trop à la façon du perroquet
de Gresset, le fameux *Vert-Vert*.

On reprochait alors, au *Café Coquet*, de subir
le voisinage de la société de la Reine-Blanche, ce
bal public où n'a jamais poussé la fine fleur de la
moralité. Mais quel café des environs n'écumait
pas un peu aussi le flot de cette honteuse marée ?
Vice en foulard éclatant ou en cravate blanche,
on est partout exposé à cette promiscuité, quand
on se mêle au fourmillement des villes. Comme il
avait raison, le poète de *Rolla*, lorsqu'il écrivait :

Ce qu'on voit aux abords d'une grande cité,
Ce sont des abattoirs, des murs, des cimetières,
C'est ainsi qu'en entrant dans la société,
On trouve ses égouts. La virginité sainte

S'y cache à tous les yeux, sous une triple enceinte ;
On voile la pudeur ; mais la corruption
Y baise en plein soleil la prostitution.

Au reste, à l'époque dont je parle, ce n'était guère que, le soleil couché et même le gaz près de s'éteindre, qu'on pouvait craindre d'assister à cet accouplement avant la fermeture du café. *Coquet* s'était épuré déjà.

Dans la journée, et jusqu'aux dernières heures de la soirée, la salle, en contre-bas du restaurant, qui communique avec elle, était calme, plus agréable que d'autres, et plus fraîche, l'été.

Un groupe d'artistes s'était formé autour de Darcier. La nouvelle génération ne connaît sans doute ce nom, jadis si populaire, que pour l'avoir lu sous le titre de quelque romance dont Darcier a été l'interprète ou le musicien-compositeur. Lorsque j'ai moi-même entendu le chanteur pour la première fois, il avait pris du ventre et perdu de sa vogue. Il est vrai qu'il l'avait eue assez grande pour qu'il lui en restât assez joliment.

Quand il reprenait son répertoire, dans une série de concerts, la salle était encore pleine, et il enlevait, d'une voix éclatante, avec le brio particulier qui avait fait de lui l'idole de son public, *les Doublons de ma ceinture* et *le Postillon de Besançon.*

Je l'ai vu costumé, botté, le fouet à la main,
lancer le :

Mais voyez donc
Qu'il est joli, qu'il est joli le postillon !

avec une désinvolture, un jeté de bras qui, en
détachant les deux derniers mots, semblait lui
faire emporter légèrement en croupe son auditoire ravi.

A l'époque où je l'ai retrouvé au *Café Coquet*,
Darcier avait grossi, mais non vieilli. Je ne sais
personne, sans oublier Laferrière, qui se soit plus
difficilement décidé à vieillir. Il n'y a guère qu'un
an ou deux qu'il ait pris le parti de grisonner.

On ne sentait l'âge et la fatigue que dans les
soirées intimes où il chantait une de ses nouvelles compositions, qui tournaient à la politique.
Je l'entendis encore, dans l'atelier de Carjat, en-
tonner d'une voix caverneuse :

Avant quatre-vingt-neuf nous n'étions pas des hommes !

L'homme était solide ; mais le chanteur dégrin-
golait.

Darcier est toujours l'habitué de *Coquet*. D'autres clients sont venus en ces dernières années,
appartenant au journalisme et à l'art.

Si c'est le jour où il revient de Sceaux, pour

passer quelques heures dans son appartement de
la Cité Véron, à deux pas d'ici, nous allons voir
entrer Tony Révillon. Vous connaissez cette tête,
dont les cheveux bouffent en masse sous les bords
du chapeau, ce front carré, cet œil inquiet, ce
nez court et épanoui, souligné d'une moustache
en brosse.

Qui eût pensé, il y a seize ou dix-sept ans,
quand Tony Révillon nous peignait toutes les élégances du « Monde des Eaux », toutes les beautés,
toutes les séductions de haute mode, qu'il ferait,
plus tard, des romans feuilletons avec un tout
autre monde que celui-là ?

Qui diable eût imaginé, en ce même temps, lorsque Tony jouait *Horace* et *Lydie*, dans le salon
de la princesse de Solens, qu'il se démocratise-
rait, comme nous l'avons vu, dans les clubs qu'il
a présidés ?

Qui eût deviné, enfin, que cet homme de lettres, qui, un des premiers, porta superbement
le ruban des Saint-Maurice et Lazare, avait, au-
dessous de cette décoration royale, un cœur de
farouche républicain ?

Cet excellent Révillon cachait son jeu, par politesse, ou il était républicain sans le savoir. Je
dis excellent, car les intimes de Tony vous assu-

reront qu'il n'est point au monde d'ami plus franc et plus dévoué. C'est une qualité que certains hâbleurs n'ont pas sous « le drapeau de la fraternité. »

Vous plairait-il de rencontrer ici des peintres?

Voici Karl d'Aubigny, le paysagiste, qui a la très-noble ambition de chasser... pardon! de peindre de race. Voici Petit, dont vous avez vu les bouquets de fleurs. Et d'autres artistes, peintres et musiciens ; — et vous, et moi !

Parbleu ! Il me semble qu'on n'est pas en trop mauvaise compagnie au Café Coquet?

XXVII

CAFÉ JEAN-GOUJON.

Si vous ignorez le chemin du *Café Jean Goujon*, suivez ce tourbillon de folles, échappées de la Reine-Blanche après onze heures, qui roule sur la pente de la rue Fontaine. D'un autre point de l'ancien boulevard extérieur, les bandes joyeuses du soir y descendent par la rue Pigalle, où Jean-Goujon a aussi une entrée et une salle depuis quelques années.

A l'époque où cette brasserie s'est ouverte, vers 1861, elle fut obligée de se fermer deux ou trois fois dans un an, faute de clients et d'une caisse qui permît de les attendre. Était-ce seulement l'argent qui manquait? Sa situation était si heureuse au passage de ce flux et de ce reflux, qui se rencontrent et bouillonnent, à cet endroit où quatre ou cinq rues font étoile!

Sans doute; mais il lui fallait aussi un de ces

hommes heureux, qui vendraient de la bière là
où d'autres ne débiteraient pas du rœderer carte
blanche au même prix qu'un bock.

Ce favori de la chance se rencontra. C'était un
jeune homme qui avait servi chez son oncle,
l'Albouy du Café des Variétés, dont il portait le
nom. Je ne me rappelle plus si l'oncle, déjà retiré
des affaires, lui donna un coup d'épaule, quand
il monta rue Fontaine. En somme, il pouvait s'en
passer, ayant pour beau-père le Faccio de la rue
Neuve-Saint-Eustache, dont tous les négociants
du quartier Montmartre ont fréquenté le café.

Ce ne fut point des négociants qui fondèrent
celui du gendre, mais ce monde de littérateurs et
d'artistes, qui, plus qu'aucun autre, fait la vogue
d'un établissement nouveau.

On avait connu Philippe (c'était le prénom
d'Albouy neveu) au Café des Variétés : on vint
chez lui ; on lui donna cette clientèle dont il est
si difficile de meubler un café dans ses premiers
temps. Il était à portée de ses anciens habitués,
qu'il avait servis boulevard Montmartre : les uns
habitaient, les autres dînaient sur ces hauteurs du
quartier Fontaine. Avant et après dîner, on s'arrêtait à Jean-Goujon.

Là, nous retrouvons alors Monselet, Gustave

Mathieu, Carjat, Durandeau, Desnoyers, et les autres, que j'ai nommés dix fois, au moins, au courant de ces visites dans les cafés de Paris.

Lorsque Courbet quittait le quartier latin et faisait l'ascension de la rue Notre-Dame de Lorette,
il entrait au Café Jean-Goujon, qu'on appelait
aussi, et qu'on appelle encore *Brasserie Fontaine*.
Pierre Dupont s'y est attablé, plus d'un soir, —
bien changé, bien éteint, bien vieilli depuis que
nous l'avons rencontré à la Brasserie des Martyrs.
Il avait toujours ses longs cheveux, et son beau
front, où un dernier rayon s'allumait par hasard.
Mais l'œil avait perdu son feu ; les traits, leur
finesse ; la fatigue, le chagrin, — car qui sait le
fond de chagrin de ces vies surmenées? —
avaient, plus que l'âge, semé les fleurs de cimetière dans la chevelure et dans la barbe et voûté
ce corps vigoureux.

Philippe, — comme on disait toujours familiè-
rement, en parlant du jeune patron, — avait
inauguré des déjeuners avec un vin de Cahors
qu'il était agréable de boire à Paris. Monselet l'a-
vait apprécié ; Mathieu avait daigné le déguster,
en faisant claquer sa langue ; tout le monde y
goûta.

Jean-Goujon était lancé !

Mais c'est le soir, surtout, que la bière y coulait et y débordait !

Il était arrivé à avoir les clients fixes, que j'ai nommés, ailleurs, « les enseignes » parce que, du moment qu'on les trouve quelque part, il est impossible d'ignorer où l'on entre.

Comment, par exemple, eût-on oublié, par distraction, quelle porte de café on ouvrait? Ne se serait-on pas aperçu que c'était celle de la brasserie Fontaine, en voyant, à la table voisine du comptoir, la pipe kummer à la bouche, la tête d'ancien officier de chasseurs de Thierry?

Malgré ses moustaches aiguisées et sa barbiche, Thierry n'avait jamais été officier. Mais il était photographe ; il était Thierry (*de Lyon*), ainsi qu'il écrivait sur ses cartes.

Ne souriez pas, vous qui ne l'avez pas connu ! Devant un photographe comme Thierry, beaucoup de bourgeois eussent tiré le chapeau. Son appareil reposait, d'abord, sur quinze mille livres de rentes !

La clientèle venait, par surcroît ; il aspirait à celle des gens de lettres, et je n'ai pas, un instant, besoin de vous dire que la soif de l'argent n'y était pour rien. Mais ces diables de gens de lettres portent bonheur aux photographes, comme aux

patrons de cafés, — à tout Paris, excepté à eux-
mêmes.

Il est vrai qu'ils payaient Thierry par un quatrain autographe au bas de leurs portraits, qui
composaient et composent encore un petit musée
assez curieux, dans l'atelier de la rue de la Chaussée-d'Antin, où Thierry fils (de Lyon, comme son
père) a succédé à cet homme, tout glorieux de
sa longue jeunesse et de sa vigueur, lequel a
passé, un jour, comme un oiseau.

> Oui, c'est bien ma mine bourrue,
> Qui dans un salon ferait peur,
> Mais sur la borne, dans la rue,
> Plairait à la foule en fureur.

Ainsi Vallès donnait acte de sa ressemblance.
Un jour est venu où « la foule en fureur » n'a pas
vu sa mine tant que ça.

Parlerai-je de Victor de Laprade, de Soulary ?
Tous les Lyonnais avaient posé devant l'objectif
de Thierry (de Lyon). Et le quatrain avait suivi.
Mais est-ce que l'objectif en voulait aux Parisiens ?
Ils étaient généralement moins bien réussis que
les compatriotes du photographe. J'ai souvent
soupçonné Thierry de l'avoir apporté de Lyon, et
accusé cet objectif d'avoir un amour-propre de
clocher.

Un habitué régulier du Café Jean-Goujon, sur le coup de minuit, c'était Hainl, le chef d'orchestre de l'Opéra. Avant son entrée, on voyait l'ombre de ses longues moustaches sur les vitres. Il arrivait d'un pas lent d'éléphant prendre les bocks qui le consolaient d'une soirée desséchante au feu de la rampe. Très-solide, ce vieux Hainl, mais pour être chef d'orchestre de l'Opéra, on n'est pas immortel.

A cette heure, des corps de ballets, qui n'ont jamais été réglés par un maître de la rue Le Peletier ou de la rue Auber, envahissent le café d'un pas extravagant. Il est peut-être convenable d'en sortir au moment où le ruisseau des fausses Manours et des sous des Grieux y fait irruption.

Montons, en tournant, à gauche, l'angle de la rue Pigalle, vers un endroit plus calme, même à ces heures du soir où coulent toutes les ivresses, où tous les feux sont allumés.

XXVII

LA NOUVELLE-ATHENES.

A l'époque où Alphonse Duchesne répondait au Sarcey de Suttières, du *Figaro*, grand ennemi des hommes de lettres des cafés, d'assez verte façon, il lui disait :

— Je pourrais vous citer, monsieur, un café où des hommes de lettres se réunissent. Venez-y, et vous verrez que vous calomniez. Vous y entendrez parler littérature, art, philosophie ; vous comprendrez que, dans ce rendez-vous quotidien, il y a une communion ou un choc intéressant d'idées, que le travail de l'esprit s'y poursuit, et que ces gens, qu'il est par trop bourgeois d'accuser d'oisiveté, ne sont pas les paresseux de l'intelligence.

Tel était, du moins, le sens, sinon les termes mêmes de l'article.

Duchesne eût pu dater sa lettre du *Café de la*

Nouvelle-Athènes, place Pigalle, où elle avait été écrite, et dont il était question, sans qu'il fût nommé.

Le futur secrétaire du *Figaro* y descendait régulièrement de Montmartre, en coin de feu, n'ayant, comme détail de toilette tranchant sur ce négligé, que le large ruban moiré de son binocle.

Je l'y ai même vu arriver de la Véron, tête nue, avec sa chevelure, grise de bonne heure, coupée d'une raie vers le milieu, qui défiait les coups de vent de la place Pigalle.

Quand on rencontrait, alors, Alphonse Duchesne, il fallait chercher ou attendre Alfred Delvau. Les deux faisaient la paire d'inséparables. C'est à la Nouvelle-Athènes que germa l'idée des *Lettres de Junius :* c'est de ce café que Delvau sortit pour trouver, aux environs, le commissionnaire qui devait remettre à Villemessant la première lettre, avec le billet d'envoi, — le tout copié par un écrivain public.

Ah ! le bon billet qu'a La Châtre !

Vous rappelez-vous que le gros barbier enthousiasmé a signé, dans son esprit, pendant un mois, ces lettres de Junius de tous les noms connus, excepté du nom de leur auteur.

Plus tard encore, je me suis souvent assis à la
terrasse de La Nouvelle-Athènes avec Delvau,
Duchesne et Castagnary, qui en était le troisième
fidèle. Je n'ai jamais connu personne plus séduit
que ce dernier par l'aspect de ces nouveaux boulevards, où il habitait alors.

— Vous ne trouvez pas cela charmant? me
disait-il. Vous ne préférez pas cette chaussée pittoresque et en bon air à la chaussée du boulevard
des Italiens ? Eh bien, croyez que dans un avenir
qui n'est pas peut-être très-éloigné, le centre
mondain de Paris sera déplacé et que les boulevards Pigalle et Clichy deviendront ceux que vous
voyez·aujourd'hui, ceux des Italiens et des Capucines.

Voilà, si je compte bien, quatorze ans passés
depuis cette déclaration. Le quartier s'est embelli
et peuplé ; mais le déplacement de centre a si peu
marché, de ce côté de la Seine, que je ne sais en
quelle lointaine année pourrait se réaliser la pré-
diction de Castagnary. Je n'affirme point que le
fond des mœurs y gagnerait, mais assurément
l'apparence n'y perdrait rien, quand est tombée
la brume de la nuit, où, sur ces hauteurs, le vice
et l'infamie, dans tout leur cynisme, grouillent
abominablement.

Parmi ses clients assidus, le Café de la Nouvelle-Athènes a eu aussi Alexis Pothey, — Pothey,
le graveur, doublé d'un gouailleur qui chansonnait
tout et qu'on n'eût pas jugé sur la mine. Ce grand
et énorme bonhomme, cheveux crépus et tête de
nègre, les épaules hautes, le cou engoncé, rele-
vant ses lunettes sur un semblant de bout de nez,
ne paraissait avoir le diable au corps. Et pourtant,
quelles drôles de plaisanteries il a parfois mises
en couplets ! Le compte rendu de la pièce des
Deux Sœurs, la chanson sur l'ascension de Nadar
et sa chute en Hollande, d'autres encore entretenaient, pour leur bonne part, le courant de gaieté
qui, au milieu de certaines tristesses, existait en ce
temps là.

Qui, parfois, ne répète, même aujourd'hui :

> Bavons un peu, dans nos refrains,
> Bavons sur nos contemporains (*bis*) !

> Cabanel a touché le but :
> Il est entré à l'Institut,
> Il peut maint'nant s'pousser du col,
> Le voilà le collègue à Signol !

> Bavons un peu, etc.

Pothey, enfin, avait découvert la « Société de
la Muette ». La connaissez-vous ? Elle est plus
vaste et plus nombreuse que vous ne sauriez

croire... Mais il est impossible de conter ces cho-
ses-là la plume à la main.

Tout s'en va, et tous s'en vont. Duchesne et
Delvau sont morts ; Castagnary a quitté ces boulevards qu'il aimait tant et fréquente la cave de
Frontin ; Pothey a eu l'ambition de se faire journaliste.

En revanche, vous rencontrerez quelquefois, le
soir, au Café de la Nouvelle-Athènes, un clan
d'échappés des Batignolles, qui se réunissaient naguère dans un café de la Grand'Rue : le romancier Duranty, esprit fin et dont la raillerie s'é-
chappe en petits ricanements avec la fumée, le
long du tuyau de pipe, y fume en écoutant. A la
table voisine, Manet — que nous avons vu l'autre
jour, avant dîner, à la terrasse de Tortoni —
hume son cigare.

Chose singulière ! Duranty qui tient à ce qu'on
a appelé, depuis Champfleury, l'école du réalisme,
ne comprend pas toujours la peinture de Manet.
Faut-il en conclure que, malgré ce qu'on pourrait
penser, réalistes et *impressionnistes* ne regardent
pas avec les mêmes yeux ?

En face de Manet, Fantin, un doctrinaire de
l'art. Toujours froid, ce blond à l'œil faïence,
pincé d'air et de ton, et plein de dédain pour les

républicains. J'en sais d'autres, de ces peintres, qui font aussi les dégoûtés de toute République. Il semble qu'ils attendent sans cesse un prince qui ramasse leur pinceau, ou sur la poitrine duquel ils aient la gloire de mourir, comme Léonard de Vinci entre les bras de François Ier.

Rêves éclos, sans doute, sous les plafonds du Louvre ! Illusion et vanité !

Non, je ne saurais quitter le boulevard Pigalle sans jeter un regard à ce qui fut l'*Epinette*.

Le café, ainsi appelé, était situé de l'autre côté de la place sur la droite, en face de la station des omnibus. Il devait ce nom au piano qui avait été installé au premier étage, et qu'on traitait, comme vous voyez, assez légèrement.

On y chantait pourtant, et même bien. Là, tu allais rêver, tous les soirs, aux sons de la musique, mon vieux de Châtillon, portraitiste du Hugo, encore jeune, poète à ton tour, sacré par Gautier et salué par Sainte-Beuve ! Pendant que les doigts des amateurs couraient sur le clavier, les vers chantaient sous tes épaisses moustaches.

Un journal a cherché, l'an dernier, à altérer la vieille amitié qui lie Victor Hugo à Auguste de Châtillon, en citant précisément une chanson de Pothey sur une réponse du premier au second.

Châtillon, la douceur même, pourtant, s'est révolté. Ce n'est pas moi qui en ai été surpris.

— Hugo ! me disait-il, un soir, à l'*Epinette*, personne n'a été, plus que moi, l'intime de Victor Hugo. Songe donc, ajoutait-il avec la naïveté qui le caractérise, du temps qu'il habitait Saint-Germain, pendant l'été, nous allions tous les deux dans la campagne, le soir, après dîner. A un moment, nous nous arrêtions ; chacun choisissait sa place, à l'abri d'un buisson, et nous continuions de causer, longuement, — à mi-hauteur, — tu comprends ?

Je crois, en effet, qu'Olympio n'a pas vécu avec beaucoup de gens dans une aussi franche intimité qu'avec le bon de Châtillon.

XXIX

CEUX QUI N'Y SONT JAMAIS ALLÉS.
CEUX QUI N'Y VONT PLUS.

M. Guizot y allait-il?

L'histoire contemporaine se tait là-dessus ; mais, moi, je réponds pour l'histoire :

— Jamais! jamais! monsieur Guizot n'est allé au café.

Il n'en était pas plus aimable pour cela.

J'ai rappelé M. Thiers sautant de l'étrier, devant Tortoni, pour y étaler des élégances de pantalons clairs et de bottes vernies au pinceau.

Depuis ce temps, « l'homme au petit chapeau gris et au cheval blanc, » comme on l'appelait, est le premier de ceux qui n'y vont plus.

Victor Hugo, de mémoire même de romantique, n'a jamais mis le pied au café.

Sainte-Beuve n'y allait pas.

Alfred de Vigny eût cru y tacher les ailes d'*Éloa*.

Je ne sais personne qui y ait surpris Auguste Barbier.

Émile Augier n'y va plus.

Camille Doucet, secrétaire perpétuel de l'Académie, ne saurait s'y compromettre.

Quant à Jules Sandeau, c'est une autre affaire et toute une légende. Son médecin lui ayant ordonné le cognac pour sa santé, il va chercher discrètement le train de la gare Montparnasse Paris-Meudon, et prendre son petit verre dans un café du coteau, où les clients, qui ne l'ont pas connu propriétaire d'une maison de campagne sur ces hauteurs, le regardent comme un officier de chasseurs en retraite. Le petit verre bu, Sandeau remonte en wagon et rentre à l'Institut aussi discrètement qu'il en était sorti.

M. de Broglie se trouve trop grand seigneur pour se mêler à des consommateurs vulgaires.

Le puritain Jules Favre ne s'est jamais assis dans les cafés.

M. Floquet ne s'y arrête plus.

Louis Blanc n'en connaît pas un seul.

Gambetta les a connus tous. Une fois élu député, il ne faisait plus que passer devant *Madrid*.

Il allait chez *Riche*. Après la guerre et la Commune, à son retour de Saint-Sébastien, et dans les commencements de la *République française*, il descendait, le soir, dans la cave de Frontin. Je l'ai vu aussi attablé devant un bock à la porte du *Café Cardinal*. Il fréquentait surtout chez Ledoyen, aux Champs-Élysées, où il dînait souvent. En ce temps, les bureaux de son journal étaient rue du Croissant, et il habitait rue Montaigne. Ainsi s'expliquait sa présence en ces endroits divers.

Aujourd'hui la *République française* et son directeur politique ont leur hôtel rue de la Chaussée-d'Antin. Gambetta est en situation de se faire servir de la bière à domicile ; il ne pose, certes, pas pour l'homme revenu de ses anciens goûts, il n'affiche point d'austérité hypocrite, mais il peut être rangé parmi ceux qui ne vont plus au café.

Challemel-Lacour n'a été l'habitué d'aucun.

Le tempérament de M. Jules Simon ne l'y a jamais conduit.

M. Hervé y a renoncé, depuis qu'il prend le thé chez le duc d'Aumale ou le comte de Paris.

John Lemoine s'en est éloigné.

Louis Veuillot n'y va pas.

On n'y voit plus Edmond About et Francisque Sarcey:

Leconte de Lisle le dédaigne et se verse, en olympien, de l'ambroisie à huis clos.

Je n'y ai jamais rencontré Auguste Vacquerie.

M. Henri de Bornier ne vide son verre en compagnie qu'aux dîners de la *Cigale*.

Albéric Second a même abandonné Tortoni.

Pierre Véron, qui ne boit que de l'eau, ne va pas au café.

Villemessant n'y déjeune plus.

On n'y a jamais retenu Jules Claretie.

Le peintre Carolus Duran ne se souvient plus du *Café Molière* depuis qu'il est une célébrité du cercle des Mirlitons.

Si mademoiselle Croizette ne s'était oubliée qu'au café, on n'eût pas constaté son absence de la Comédie-Française.

On ne signale plus, deux ou trois fois par an, la présence de M. Désiré Nisard au café Voltaire.

Barbey d'Aurevilly a disparu même de *Tabourey*.

Mademoiselle Georgette Olivier, depuis longtemps, ne sait plus le chemin de *Fleurus*.

M. Émile Ollivier est peut-être allé au café... quand il était étudiant.

Monseigneur Dupanloup n'y est jamais entré, malgré l'exemple que les prêtres de Rome ont pu lui donner.

Zola n'a pas le temps de s'y arrêter.

Ferdinand Fabre ne paraît plus chez Guerbois, son voisin des Batignolles, — surnommé « le Café des Visières vertes » à cause des bonshommes antédiluviens, habitués de la grande arrière-salle à grosses colonnes jaunâtres où l'on sent déjà la province à plein nez. — C'est dans le salon de devant que sont retournés Duranty, Manet et la bande des peintres du quartier. Fantin n'y va plus depuis qu'il est marié.

M. Rouher se contente de passer devant les cafés d'anciens mouchards pour se faire saluer.

Mademoiselle Berthe Legrand est pleine, maintenant, de réserve extérieure.

Mademoiselle Léonide Leblanc, aujourd'hui, ne va pas davantage au café.

M. le duc d'Aumale est le seul membre de la famille d'Orléans que je n'y aie pas aperçu.

Voilà vingt-cinq ans que l'ex-impératrice a jugé à propos d'y renoncer.

Vallès et Razoua ne peuvent plus aller au café... à Paris. Mais à Genève vous retrouveriez Razoua, assis devant une petite table ronde comme celles de la terrasse de *Madrid*, avec la même barbe, la même pipe, le verre d'absinthe de la même forme, — j'allais ajouter la même absinthe qu'au boulevard Montmartre. Il a si bien emporté ses habitudes avec lui et s'est installé un petit *Madrid* si exact sur ce rond de table que, par instants, j'en suis sûr, il croit y être encore.

Rosa la Rouge, — ainsi surnommée à cause de la couleur éclatante du châle qu'elle portait, — la passion du sentimental Razoua, — ne quitte plus son intérieur pour le *Rat-Mort*.

Mademoiselle Schneider, qui a l'âge d'une Grande Duchesse mère, ne cascade plus au grand 16.

Le prince de Galles ne va plus au café quand il revient boulevard des Italiens.

L'ex-roi d'Araucanie, qu'on m'a montré, il y a quelques années, à une table de *Riche*, paraît retenu à perpétuité à l'hôpital de Bordeaux.

Le comte de Chambord ne s'est pas attardé au café, quand il a traversé Paris.

Et maintenant, je ne voudrais pas qu'on donnât à ce chapitre une queue de conclusions que, pour ma part, je n'entends pas en tirer.

Je regretterais de faire dire par M. Prudhomme à son fils :

— Tu vois, Isidore, que M. Thiers n'a pas perdu son temps au café !

Je respecte la vie laborieuse de M. Thiers qui, de tout temps, s'est levé de bonne heure pour cultiver ses « chères études » et ses non moins chères ambitions.

Mais cet heureux petit homme a eu, dès ses premières années, le verre de vin d'Espagne qu'il boit à cinq heures du matin, l'hiver, entre quatre heures et cinq, l'été.

Cette fortune lui était réservée d'être ministre à trente ans, de voir tout le monde arriver fatalement à lui et de n'avoir plus besoin, dès cet âge, d'aller faire le *lion* bourgeois et politique sur le perron de Tortoni.

C'est un peu le cas de Gambetta qui, depuis le procès Baudin, n'a plus eu à chercher, où on les rencontre le plus aisément, un public, un auditoire qui répétassent après l'avoir entendu :

— Gambetta est un orateur de l'avenir !

Car on ne va pas seulement au café parce qu'on a soif, mais parce que chaque café est un petit Paris dans Paris, parce qu'avec l'extension que ces établissements ont prise et la vie qu'ils absorbent, chacun de nous y a son monde, ses affaires, et, partant, ses intérêts.

Le boursier fait hausser ou baisser la rente dans les cafés qui avoisinent la Bourse.

Le journaliste a besoin du frottement, du choc de conversations des cafés pour être vivant, actuel, palpitant.

Le café est le cercle des gens qui ne jouent pas et qui causent après avoir lu.

— Mais Sainte-Beuve, monsieur l'homme de lettres? me fait-on observer.

Sainte-Beuve? Nous ne l'avons pas vu sans doute causant littérature au café Lavenue; mais nous l'y avons surpris en partie galante dans les cabinets du restaurant.

Et si nous l'avions suivi, d'autres soirs, autour de quels bastringues de Montparnasse, ce Parisien curieux ne nous eût-il pas fait errer dans la demi-obscurité des petites rues tortueuses?

Pas de puritanisme ridicule!

Si les cafés n'existaient pas, il faudrait les inventer.

ÉPILOGUE

❦

LE LECTEUR. Permettez, Monsieur ; vous m'avez
   montré :   .
Ceux qui vont au café ;
Ceux qui n'y sont pas allés ;   •
Ceux qui n'y vont plus ;
Pourquoi ne me diriez-vous pas un mot de...
CEUX QUI N'Y VONT PAS ENCORE ?
MOI. Monsieur, il n'y en a pas.
LE LECTEUR. Comment, Monsieur ? comment ? Il
   n'y en a pas ?
MOI. Monsieur, il n'y en a pas !
LE LECTEUR. Ah ! par exemple, Monsieur, c'est
   trop fort ! Et les enfants à la mamelle ?
MOI. Monsieur, ils y vont avec leurs nourrices.

FIN

TABLE DES MATIÈRES

.

FIN DE LA T

2814-77. — Corbeil. Typ. et stér. de Crété. X